少年读三国

司马懿

汪鹏生　编著

全国百佳图书出版单位
吉林出版集团股份有限公司

图书在版编目（CIP）数据

少年读三国. 司马懿 / 汪鹏生编著. -- 长春 : 吉林出版集团股份有限公司, 2019.4

ISBN 978-7-5581-6397-5

Ⅰ. ①少… Ⅱ. ①汪… Ⅲ. ①历史故事－作品集－中国－当代 Ⅳ. ①I247.81

中国版本图书馆CIP数据核字(2018)第299787号

SHAONIAN DU SANGUO　SIMAYI

少年读三国 · 司马懿

编　　著：汪鹏生
责任编辑：欧阳鹏
技术编辑：王会莲
封面设计：汉字风
开　　本：710mm × 1000mm　1/16
字　　数：120千字
印　　张：10
版　　次：2019年4月第1版
印　　次：2019年4月第1次印刷

出　　版：吉林出版集团股份有限公司
发　　行：吉林出版集团外语教育有限公司
地　　址：长春市福祉大路与生态大街交汇龙腾国际大厦B座7层
电　　话：总编办：0431-81629929
　　　　　发行部：0431-81629927　0431-81629921（Fax）
网　　址：www.360hours.com
印　　刷：北京富达印务有限公司

ISBN 978-7-5581-6397-5　　定　　价：30.00元

举报电话：0431-81629929

少必读《三国》

少不读《水浒》——血气方刚，戒之在斗。

老不读《三国》——饱经世故，老奸巨猾。

喔，那么少年时期该读什么？

少必读《三国》！

少必读《三国》，能获得深沉的历史感。透过历史，我们可以窥见王朝的兴衰更迭，征讨血战；可以知晓历史事件的波诡云谲，风云际会；可以仰慕历史人物的音容笑貌、风采神韵。历史，让我们和古人“握手”，给我们变幻莫测的人生以种种启迪。在历史的长河里，我们能判断现在的位置，明白我们发展的方向。有历史感的人，在行事上常常会胜人一筹，因为古人已为他们提供了足够的经验。

少必读《三国》，能学习古人的处世方式。现在，我们正值青春年少，活动的范围早已不仅仅局限在家庭和学校中，一个更广阔的社会出现在我们面前。从此，在社会中，我们将独立面对形形色色的人和事。从《三国》中，我们可以习得古人的处世之术。例如刘备，论文韬武略皆不如曹操、孙权，但他却善于知人、察人、用人，他对关、张用桃园结义之法，对孔明则三顾茅庐，对投奔他的赵云和归顺的黄忠大加重用……也正是“五虎上将”的拥戴，才使他称雄一方成了可能。试想，他若摆出主公的骄横霸道，还会受到部下的衷心拥护吗？

少必读《三国》，可以研习古人的谋略。“凡事谋在先”，在《三国》中，大到对天下大事的分析，小到对一场战事的周密安排，无不反映出一千八百多年前古人的智慧。在赤壁之战中，没有周瑜的频施妙计，就不会有火烧曹军的辉煌战果；诸葛亮指挥的战役常能“决胜千里之外”，实际上也是他“运筹帷幄之中”的结果。《三国》中的谋略博大精深，我们可以从中获得智力启迪。善于运用这些谋略，对不同的人和事采取不同的方法，我们一定能化解许多人生困境。

少必读《三国》，最重要的是能培养精神气质。在这些气质中，有经国济世的豪情，有临危不乱的镇定，有安贫乐道的操守，当然还有风流倜傥的潇洒。想想孙权，他刚掌权时只有十八岁，面对父兄创下的基业，他善用旧臣，巩固了政权；面对曹兵压境的危势，他果敢决策，击退了强敌。再联想现在的我们，是不是常有些心智稚弱、做事莽撞，缺乏从容的气度呢？阅读《三国》，可以让我们成为光明磊落的君子，而不是心怀叵测的小人。一部三国征战史也就是一部人才的斗智史，在《三国》中，有各种各样的人，有的貌似强大却“羊质而虎皮”，有的貌不惊人却有济世之才，有的内含机谋却不动声色，有的胸无点墨却自作聪明……对照他们，反观自己，可以判断自己有哪些特质，可以知道怎样来充实自己……

所以，我们在少年时期一定要读一读《三国》。但是，应当怎么样读呢？《三国》虽然在当时被认为“言不甚深，语不甚俗”，但我们现在来读已经颇为吃力了。再加上《三国》中人物众多，关系复杂，我们常会看得一头雾水。遍寻大小书店，各种版本的《三国》虽然不计其数，但真正适合少年阅读的《三国》却难以觅得了。因此，这套《少年读三国》就是专门写给青春年少的你，我们希望你能从中获得新鲜的阅读经验。

在《少年读三国》中，我们以新的编辑角度切入。《三国演义》中的人物成百上千，这套书仅选取了刘备、关羽、张飞、诸葛亮、曹操、司马懿、孙权、周瑜八人，不仅是因为这八人在历史中“戏份”较多，而且还在于他们性格迥异，形象丰满。我们企望以人物为主线来勾勒三国的历史全貌，让读者对人物的丰功伟业也能有更全面的了解。在编辑时，我们注重设置“历史场景”，回溯时光，把人物重新推回历史舞台之中，推到事件的紧要关头前，来看看他们是怎样周详安排、从容调度、化解危机的。或许你玩过“角色扮演”的电玩游戏，那么我们希望你在阅读这套书时，把自己想象成书中的主人公，想想自己在彼时彼景中，会怎样处理这一切事情。亦读亦思，从更深的层次来体验古人的精神生命，是我们编辑的用心。

在编排人物故事时，我们力避重复。但是，一个重大的历史事件常常会同时涉及这八个人物，为了交代事件的前因后果，不得已会重复某些片段。从另一个方面讲，分别以不同人物的眼光来看待同一个历史事件，是非功过皆在其中，也是别有一番趣味的。

在人物故事内容上，我们以《三国演义》为蓝本，还采信了《三国志》中的诸种说法，在文学与历史间做了微妙的平衡，既使人物故事起伏跌宕，又力求历史事件完整真实。

少必读《三国》，在《少年读三国》里，我们将有一次愉悦的纸上“电玩游戏”，一次深沉的历史“时光之旅”……

人物简介——司马懿

三国后期，在用兵上唯一能跟诸葛亮较量的就是司马懿了。

身为魏国四朝老臣的司马懿，其实在曹操当政时，就已显示出智慧才干了。例如，在曹操出师汉中，一举消灭盘踞汉中三十多年的张鲁后，司马懿就建议曹操应趁刘备在蜀立足未稳之时，挥师南下，却被曹操以不能“得陇望蜀”的理由拒绝。结果，刘备得到这个喘息的机会，势力在蜀得到了巩固和发展，还从曹操手里夺走了汉中和东川。曹操为此后悔不迭。再如，当刘备进位汉中王时，曹操十分震怒，当即传令，尽起倾国之兵，赴西川与刘备决一雌雄。这时，司马懿却建议曹操先不必出兵，而是利用孙、刘矛盾，联合吴来攻蜀。结果刘备丢了荆州，关羽也遭擒杀，蜀、吴之间的矛盾更加尖锐。由此展现出司马懿的不凡。

曹丕和曹叡当权时期，是司马懿飞黄腾达、大建功业的黄金时代。作为两朝托孤重臣，司马懿成了曹魏集团的核心人物，这一时期，司马懿的军事才能得以发挥。在同诸葛亮斗智时，他虽然常处于下风，但整个魏国的文臣武将中，只有司马懿能同诸葛亮抗衡，诸葛亮六出祁山都无功而返，可以说主要是司马懿的功劳。难怪诸葛亮在听到曹叡中了反间计，将司马懿黜免回乡的消息时会“大喜”。大凡将才，在心理上皆有过人的抗压韧性，司马懿也是如此。在急灭孟达时，他冒着欺君的危险，争取到宝贵的平乱时间；在坚守不战时，他甘受被讥为妇人的耻辱，终于拖垮诸葛亮。

身处曹氏宗亲集团中，在对付内部的矛盾时，司马懿也表现出极高的政治谋略：他时而以退为进，处处忍耐，时而果断出击，毫不手软；在被曹操压制时，他仍然妙计连篇，慢慢积累自己的资历；在被曹叡贬职时，他也毫不消沉，静待重新出山的机会；在平定公孙渊叛乱时，他将计就计，迅速克敌；在被曹爽排挤时，他装病装聋，麻痹曹爽，同时暗中联络心腹，发动宫廷政变，铲除曹爽势力，为司马氏后代最终夺取曹氏政权铺平了道路。

总之，司马懿是一位集政治家、军事家和谋略家于一身的人物。论其智，足可以和诸葛亮并称；但从道德角度看，他又是一个老奸巨猾、野心勃勃、冷酷无情的人。因此，虽然他建立了不世之功，但最终却为人们所不齿，在戏剧舞台上，在百姓心中，他和曹操一样，永远是一个白脸奸臣。

主要人物表

司马懿

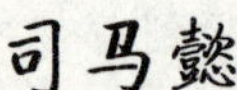

字仲达，魏国大臣，勇而有谋，是三国后期曹魏集团的核心人物。

179 ~ 251

出生地：河内郡温县

职　位：尚书右仆射→骠骑大将军→太尉→丞相

所　属：魏

司马师

司马懿长子，曾随父亲南征北战，在父亲死后继续专权魏国。

208 ~ 255

出生地：河内郡温县

职　位：散骑常侍→抚军大将军→大将军

所　属：魏

司马昭

司马懿次子，在魏国曾被封为晋王，在父兄死后专权魏国，所谓「司马昭之心，路人皆知」。

211 ~ 265

出生地：河内郡温县

职　位：骠骑上将军→大将军→大都督→相国→晋王

所　属：魏

曹芳

字兰卿，曹叡之养子，魏国第三代皇帝，后被司马师黜为齐王。

231 ~ 274
出生地：？
职　位： 齐王→第三代魏皇帝→齐王
所　属：魏

曹丕

曹操次子，废汉立魏，魏国第一代皇帝，史称魏文帝。

187 ~ 226
出生地：沛国谯郡
职　位： 五官中郎将·副丞相→丞相→魏王→皇帝
所　属：魏

司马炎

司马昭之子，推翻魏国，建立晋国。为晋国第一代皇帝，史称晋武帝。

236 ~ 290
出生地：河内郡温县
职　位： 中抚挥→晋王→晋皇帝
所　属：魏→晋

曹奂

曹操之孙，原名曹璜，被司马昭立为皇帝时改名曹奂，后被司马炎废为陈留王。

246 ~ 302
出生地：？
职　位： 安次县常道乡公→第五代魏皇帝→陈留王
所　属：魏

曹髦

曹丕之孙，东海定王曹霖之子，被司马师立为皇帝，后为司马昭所弑。

241 ~ 260
出生地：？
职　位： 郯县高贵乡公→第四代魏皇帝
所　属：魏

曹叡

字元仲，曹丕之子，史称魏明帝。

205 ~ 239
出生地：？
职　位： 平原王→第二代魏皇帝
所　属：魏

目录

多次相请，司马终出山归顺曹操

东汉献帝建安六年（公元201年），当时正是东汉末年，天下大乱，灾祸不断。手中握有军权的军阀们各自割据一方，都自称是真心保护汉朝皇帝的；实际上，却各自怀有野心，都想称王称霸。要想达到称霸的目的，光拥有一点军事实力当然是不够的，最重要的是要占有人才，只有把天下的文臣武将都收拢到自己的帐下，才有获胜的可能。于是，在争权夺利、互相攻击的战争中，又多了一场没有硝烟的战争——争夺人才的战争。

当时，在众多割据势力中，曹操的势力很大。曹操当时是汉朝皇帝正式任命的大司空，掌握着天下兵马大权，他坐镇许都，皇帝也惧怕他的实力，对他言听计从。曹操所喜欢的人，一夜之间就能从一个穷人变成耀武扬威的大人物。所以，一些想求得功名富贵的文武人才纷纷投靠曹操，对曹操拼命效忠；加上曹操确实有雄才大略，能够识人、用人，一时间网罗了许多杰出的文臣武将。

当时，在京城有一名青年叫司马懿，字仲达。司马懿出生在贵族家庭，祖上几代都是汉朝的大官，直到东汉末年，他的父亲、哥哥都还是朝廷重要官员。司马懿从小便受到很好的文化教育，又常和朝廷的一些大官来往，经常听他们谈论国家大事，对国家的政治、军事情况很有自己的主见。到他家来的人，都非常器重司马懿。尚书崔琰（yǎn）与司马懿的哥哥司马朗关系很好，也很佩服司马朗的学识。自从见了司马懿之后，崔琰大为惊讶，对司马朗说："您的弟弟司马懿将来一定是个杰出的人才！您虽然很了不起，但和您的弟弟比起来，只怕要差得太远太远！"南阳太守杨俊，是当时社会上的知名人士。他见了司马懿，也认为这个年轻人将来一定是个了不起的人物，不是一般的王公大臣所能比得上的。

大家对司马懿的评价，很快传到曹操耳中。曹操想：有这么一个杰出的年轻人，一定要收归自己的帐下，让他为自己服务。于是，曹操便写了一封长信，派使者给司马懿送去。信中写道：当前，天下不安定，许多军阀割据一方，我们身为汉朝大臣的后代，要当一名忠臣，这时候应该挺身而出，为国家的统一和安宁做出贡献。信中还对司马懿的才能大加赞赏，并说自己如何如何想见见司马懿，只要司马懿答应与自己共同为朝廷效力，他就会向朝廷保奏，让司马懿在重要岗位上为国家建功立业。

使者将曹操的信送到司马懿家中。司马懿看信后想：当前，天下大乱，各路诸侯都在拼命扩充实力，没有哪一个是真心保护皇帝的，都有着或大或小的野心，曹操自己恐怕也是个大野心家，汉朝江山眼看就要不保，我去保他干什么？而且曹操手下有那么多能干的文武人才，要我去干什么？无非是想把我控制起来。再说，不用多久，曹操就有可能称王称霸，我何必去帮他打天下？弄不好，自己还要在历史上落个不好的名声。司马懿又想：男子汉大丈夫生在这样的乱世中，正是时势造英雄，我要干就自己干出一番轰轰烈烈的事业来，为什么要去替曹操卖命？不去！不去！

司马懿考虑妥当后，决定给曹操写一封信，告诉他，自己不想当官，只想一辈子读书写作，过逍遥自在的日子。信中，他将曹操的雄才大略大大赞扬了一番；对曹操聘请自己感到非常荣幸，申明自己一没武艺，二没天才，干不了什么大事，还是任着自己的性子过闲散的生活好。信写得很客气，但却硬邦邦地回绝了曹操。

曹操接到司马懿的信后，对司马懿拒绝合作有点生气。本来，如果司马懿一下就同意的话，可能曹操并不一定重视他；可这么一拒绝后，曹操反而重视起来，一定要把司马懿争取过来。

但是，曹操也很明白，如果再写信去邀请，司马懿还是会拒绝的，不如过一段时间再说。在这一段时间里，他暗中派人察看司马懿在干什么，是不是真的在读书逍遥。派出去察看的人不久便向曹操回报：“司马懿读书倒是真的，但读的都是治理天下的书和行军打仗的兵书，日常往来的都是当朝有名的能人，在一起讨论天下大事，往往一谈就是几天。”曹操听了，心中冷笑：“你司马懿胸有大志，却不愿为国家出力，想干什么？”便又写了一封信，这一次可不像第一次那么客气了，已经带有命令和责备的口气，批评司马懿不愿为国家尽忠，想用大道理来逼迫司马懿。

司马懿看了曹操的第二封信后，心中连连叫苦：想不到自己被曹操盯上了，这回再拒绝，恐怕就不好办了，只好来个缓兵之计。司马懿打定主意就是不想去，便回了一封信。信中说自己从小身体很弱，得了一种腿脚麻痹的病，没有治彻底，经常发作，最近又发作起来了，而且比以往任何时候都厉害，成天睡在床上，不能行动。他说等自己病好了以后，立即去报到。

曹操接到回信后，怀疑司马懿在说谎，非常生气，便想察看司马懿是不是真的生病了，于是派一名武士夜晚潜入司马懿家中，看司马懿是不是真的生病睡在床上，如果没有病，立即强行将他请出来。他还交代这位武士说："你可以采取一些办法试试他，看他到底能不能动弹。"武士领了曹操的命令，笑着点头而去。

司马懿回复曹操第二封信以后，立即卧床装病。他知道曹操的性格，曹操想办的事，非办成不可，自己用生病的理由回绝了他，非得装病不可。于是，他派几个佣人成天服侍自己，他自己则睡在床上一动不动。

这天深夜，接受命令来刺探情况的武士身藏匕首，穿着一身紧身衣，用黑布蒙住面孔，只留两只眼睛在外面，从房上潜入司马懿家中。他偷偷摸到司马懿生病居住的卧室窗子底下，屏住呼吸静听室内的动静，听了半天也听不出什么来，便悄悄地用匕首在窗户上划开一条缝向里面看：只见屋里灯火通明，司马懿睡在床上，旁边站着两个佣人，时刻准备侍候司马懿。司马懿仰卧在床上，一条左腿伸得笔直，长久不动。这个武士心想："看他手能动，右腿也能动，只是左腿不动，不知是不是真的有病，我何不试他一试？"想到这里，武士心生一计。他拿出匕首，纵身打破窗子，跳进房中，直向床上扎去！在这样的形势下，人出于求生的本能，一定会做出反应：如果司马懿的腿能动的话，他一定会本能地跳起来保护自己，那就暴露出装病的真相来。可是，司马懿却躺在床上一动也不动，只是口中大叫："救命！救命！"武士这一匕首故意扎在床边，离司马懿的腿还有一点距离，见司马懿一动也不动，显然是真的病得厉害。目的达到，武士也不多话，仍然一个纵身从窗子跳了出去，待司马懿家人来追时，武士早已翻过院墙，一溜烟跑得无影无踪了。

其实，司马懿非常警觉，早知道有人在窗外偷看，估计是来察看自己“病情”的，故意一动也不动。当武士的匕首向床上扎下时，他本能地想跳起来反攻，但脑子里念头一闪：“这是探我虚实，拼着吃一刀，也不能动！”于是，他一动不动，幸好不是真扎，他却吓出一身冷汗。待武士回去向曹操原原本本报告以后，曹操这才打消了要司马懿立即出来为自己效劳的念头。

几年后，曹操基本上稳定了中原大局，当了丞相，便广招天下贤能的人才，这时他又想到了司马懿。这一回，曹操来硬的了，派出一位将军，持自己的手书去“请”司马懿，如果司马懿同意则罢，如果再不同意，立即绑起来，下到监狱之中。

一行人来到司马懿家门前，守门的向司马懿通报，说曹操又派出一员大将，带着许多军马来“请”他到丞相府。司马懿一听，知道这回再也无法拒绝了，便亲自出来迎接，拱手道谢，立即收拾了一下，客客气气地跟随来人赶赴丞相府。曹操见司马懿到底归顺了自己，很是高兴，对司马懿也非常友好。从此，司马懿便开始了他一生治军治国的大业。

情同手足，深得曹丕信任

司马懿不得已归顺了曹操，到丞相府拜见曹操。曹操一见司马懿的相貌，心中暗暗称奇，觉得司马懿一定是个绝顶聪明的人。曹操心想："司马懿是个非凡的人物，可我以皇帝的名义请他出来报效国家，他却三番五次地不愿出来为皇家效劳。这个人一定是胸有大志，如果把他放出去，无论归顺了谁，将来都会对我不利，一定要笼络住这个人。"曹操想到这里，立即从座位上站起来，笑脸相迎："我老早就想请你出来帮我，共同治理国家，可是你却再三推辞，真使我遗憾得很！不过，今天司马先生终于还是以国家大事为重，来帮助我治理朝政，这真是我曹操的荣幸！我一定向皇帝表奏，委你以重任。在皇帝的任命还未下来之前，你先在相府中供职，多多指教我的儿子曹丕，不知司马先生是否愿意？"司马懿知道曹操一心要拉拢自己，但到了这个时候，不答应也是不行了；再想想自己曾经几次拒绝了他，他肯定怀有戒心，一定要使他放心才行。想到这里，司马懿向曹操弯腰

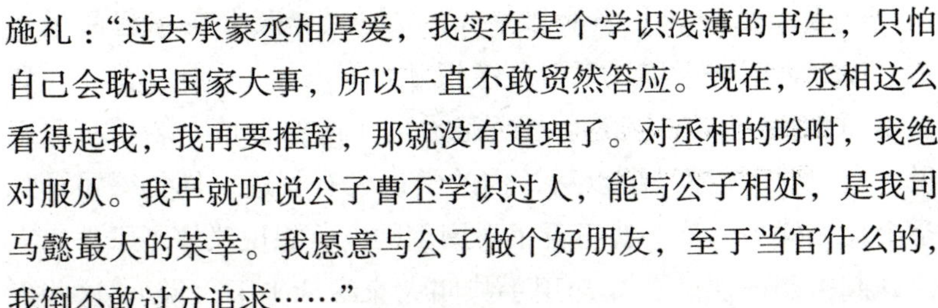

施礼："过去承蒙丞相厚爱，我实在是个学识浅薄的书生，只怕自己会耽误国家大事，所以一直不敢贸然答应。现在，丞相这么看得起我，我再要推辞，那就没有道理了。对丞相的吩咐，我绝对服从。我早就听说公子曹丕学识过人，能与公子相处，是我司马懿最大的荣幸。我愿意与公子做个好朋友，至于当官什么的，我倒不敢过分追求……"

听了司马懿的话，曹操高兴得开怀大笑，立即对左右说："快去叫曹丕出来，见见司马先生。"不一会儿，曹丕从后面出来，先拜见父亲，问有什么事情。曹操高兴地指着司马懿说："我给你请了个老师，这是司马懿先生，今后他可经常陪你学习，你要多向司马懿先生请教。"曹丕也早就听说司马懿是个文武全才，今天一见，果然相貌不凡，心里非常高兴，立即上前与司马懿相见。司马懿也知道曹丕是个了不起的人才，见了面更觉得曹丕不仅是个人才，而且生有帝王之相，心里也很高兴。两人一见如故，立即成了好朋友。

司马懿住进了丞相府，与曹丕玩在一起，住在一起，经常讨论一些天下大事。曹丕在处理一些重要事务时，也经常征求司马懿的意见。司马懿总能预见到事情发展的结果，并将处理办法转告曹丕，曹丕也处理得非常妥善。时间一长，司马懿与曹丕之间的关系已经超出了一般的朋友关系，简直比兄弟还要亲热。

曹操把司马懿安排在曹丕身边，一方面是想用感情套住他，另一方面也确实想让司马懿辅佐曹丕，增长曹丕的才干；同时，也便于观察和控制司马懿。现在，见司马懿和曹丕相处得这么好，曹丕的学识、能力也确实得到了丰富和提升，曹操既高兴，也更加提高了警惕，觉得无论采取什么手段都要控制住司马懿。**同时又想，光是软的还不够，还要让司马懿知道，我有足够的能力制服他，让他有一种畏惧感，使他死心塌地为自己服务。**

一天，曹操和几名心腹（指亲信的人）谋士在一起商量事情，命人去叫曹丕单独来与自己相见。不一会儿，曹丕到了，曹操示意他坐下。先与其他人谈完了正在谈的事情，然后对曹丕说："自从司马懿来了以后，你的学识大有长进，你觉得司马懿是个什么样的人？"曹丕看了看周围的人，想说又停了下来。大家站起来想出去，曹操却用手势叫大家继续坐下，说："这些人将来都会忠心耿耿地辅佐（协助）你，你有什么话尽管说。"曹丕说："我觉得司马懿是个了不起的人物，父亲应该给他重任，让他在你身边发挥作用，如果让他走了，对我们将是一大损失。"曹操点点头说："你只说对了一半，还有一半你没说对。司马懿有治理天下的大才，但这个人性格非常深沉，他的内心是很阴险毒辣的。他长了一副机智、凶狠、毒辣的面孔。你看他皮肤白皙，眼窝微陷，这叫'鹰眼'，看东西时，眼珠左右连转，这叫'鹰视'。他走路需要向后看的时候，从来不把整个身体转过来，只是转头向后看，这叫'狼顾'。狼在走路的时候是从不把整个身体掉转过来的，狼的性格是既贪婪又凶狠，而且多疑。司马懿'鹰视狼顾'，虽有雄才大略，但却凶狠阴险，你要好好注意控制他！"

曹操的一席话，说得曹丕心中暗惊，不由得佩服父亲的观察力，但又有点不以为然。坐在旁边的几名心腹谋士惊得冷汗都出来了，从此便对司马懿怀有戒心。

曹丕回到自己房中，仔细琢磨父亲的话，觉得父亲观察得比自己还仔细，便想试试看。他立即派人去请司马懿到自己的住处来，而自己却躲在外面看司马懿的行动。司马懿进第一道门时，先向左右两边看了看，目光深沉而镇定。等司马懿进内房时，曹丕转到他身后，叫了一声"司马懿"，只见他迅速回过头，身体却纹丝不动，曹丕不得不对父亲的观察力表示深深的佩服。司马懿感到有点奇怪，问："世子叫我来，有什么吩咐？怎么你却从外面进来了？"曹丕心想："司马懿果然不简单，我要是不让他知道我的实力，只怕他今后不会服我。"便笑笑说："今天请你来，没什么大事，只是想和你讨论一个有趣的事情，我有一个词语搞不懂，请你指教。"司马懿说："不敢，请你说出来让我想想看。"曹丕说："看相算命的人有一个术语叫'鹰视狼顾'，不知这句话怎么解释？"司马懿说："鹰与狼是两种既阴险又凶狠的动物。鹰和狼看东西、捕获猎物时都非常镇定，而且只要发动进攻，必定会成功。这两种动物平时警惕性很高，一般的动物无法伤害到他。人如果长了这么一副相貌的话，那这个人一定深沉机智得很。"

曹丕又问："这种相面术不知是否真的灵验？"司马懿答："这是古人传下来的，应该有一定的道理。"曹丕说："先生说得对，我看你就符合这种相貌，而且先生也确实符合这种性格！"司马懿心中暗暗叫苦："我怎么进了人家的圈套！"连忙解释道："我的长相平凡得很，怎么能与这种相貌相提并论？再说，我对丞相和公子的心意，您是知道的……"曹丕见司马懿真的着急了，心想再给他施加点压力，说："我观察了一下，你刚才进门时，目光左右环顾，神色坚定；我在后面叫你时，你只回头而不回身，这说明你心里始终是戒备的，这都符合相面的说法；而且你自己也说相面术说得很对。其实，这些都是我父亲发现的，我今天才算验证了一下……"司马懿这时再也无法镇定下去了，全身直冒冷汗，人也不知不觉地跪了下去，嘴里还不忘解释："实话告诉公子，我从小向名人学习武术，对武艺略有研究。学武的人，讲究心神镇定，脚步安稳，无论什么时候都要眼观六路、耳听八方。经过长期训练，我的动作才有点像那相面术的说法……"

曹丕见司马懿已经跪到地上，头上冷汗直冒，知道他已经彻底服了自己，心中很高兴，便双手搀起司马懿，说道："司马先生，与你开个玩笑，何必当真呢？你我相处这么长时间，已经情同手足，怎么会有其他想法呢？先生快快请起，今天实际是请你来品酒的，快随我来！"

司马懿和曹丕来到外室，见小厅内果然摆了一张小桌，几样炒菜十分新鲜，还有一坛泥封多年的老酒。司马懿想："这曹丞相父子二人果然厉害，把我掌握得一清二楚，想跟他们父子俩玩什么心眼，那可是自讨苦吃，只有认命了！"

从此以后，司马懿果然忠心耿耿地辅佐曹丕，还经常为曹操出谋划策，成了曹操手下一名得力的干将；并且，在曹丕执掌朝政时，他协助曹丕治国治军，立下了汗马功劳。

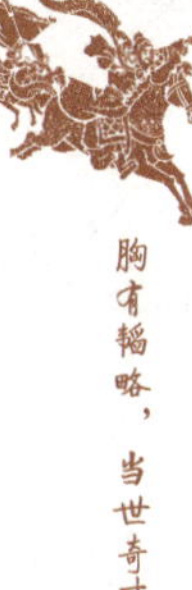

胸有韬略，当世奇才

南郑（今四川东部）城里，张灯结彩，热闹非凡，位于城中的原汉中太守张鲁的府内灯红酒绿、人来人往——正在举行盛大宴会。不过，宴会的主人不是张鲁，而是曹操。曹操打败了张鲁，取得了整个四川东部的大片领土，张鲁被迫投降。曹操正在举行庆功大会。

庆功会上，曹操喜气洋洋，接连喝了好几杯酒，脸上已经微微泛红，显得更加精神振奋。这时，曹操手持酒杯，站起来说道："诸位，今日攻下汉中，取得如此辉煌的胜利，全靠大家奋勇争先。为我们今天的胜利，也为今天的劳苦，请干了这杯！"说完，曹操一仰脖子，便喝了这杯酒。两边座上的文官武将，异口同声道："丞相辛苦！"大家都干了这一杯酒。

这时，中间的座位上站起一个人来，大声说："我有一句话想对丞相说，不知当讲不当讲？"曹操一看，是行军主簿司马懿。这次征伐张鲁，曹操任命司马懿为主簿，随军调遣，攻城作战中，司马懿献了不少计策，表现出相当的才能。曹操知道司马懿又有什么计策要献，便微笑着说："主簿有话，但说无妨！"司马懿说："现在，我大军占据了川东，但是，川西却已被刘备取得。丞相明白，刘备是个野心勃勃的人，您早就把刘备当成了一个和自己竞争的对手，不如现在乘着大军胜利的锐气，一鼓作气（打仗靠勇气，擂一通鼓，勇气振作起来了，两通鼓，勇气就衰退了，三通鼓，勇气就没有了。后指趁劲头大的时候抓紧做，一下子把事情完成），消灭刘备，夺取整个西川，统一大局！"曹操的谋士华歆说："不可，刘备刚刚取得西川，兵强将猛，士气旺盛，加上川西地势复杂，恐怕不容易取胜。"司马懿说："不对，刘备取西川，是采取欺骗手段得来的，西川的人并不服气。现在刘备脚跟尚未站稳，如不抓住现在的大好时机，等刘备站稳了脚跟，要想再打，可就难上加难了。再说，刘备野心极大，今天我们不吞并他，将来他一定会侵犯我们，后患无穷呀！"

司马懿站在座位边上，手持酒杯侃侃而谈，在座的人有的赞成，有的反对，一时间也拿不出主意来。长史刘晔从座位上站起来大声说："司马懿所说的很有道理，如果我们现在不下手，让刘备站稳了脚跟；诸葛亮善于治国，关云长、张飞、赵云、马超、黄忠等大将勇猛过人，一旦形成了气候，再想攻取西川就难了！请丞相早作决断！"

刘晔话音未落，底下嗡嗡声又起，七嘴八舌的，听不出头绪来。

曹操这时已经喝得有点醉意了，对司马懿的建议也有同感，但是长期征战，已经让他感到很累了，再看一班武将（军官，将领），很多人面容憔悴，瘦了许多，有的还带着伤，心里不忍，把手挥一挥说道："大家不要再说了，人要知足，这一仗，我们

已经大获全胜，就不要再贪多了。现在，主要的任务是休养，将士们都很辛苦，治好伤、养好病再说吧！”司马懿还想再说话，曹操微笑着对他摆了摆手，司马懿也就不再作声了。实际上，司马懿心里并不服气，但想到曹操对自己始终不放心，也就不愿多说了。

后来，情况果然像司马懿预料的那样，刘备站稳脚跟以后，立即攻取川东各州县，曹操占领的张鲁的地盘全被刘备夺去。曹操后悔不已，觉得当初应该听司马懿的话。

建安二十四年（公元219年），刘备在西川自封为汉中王，曹操听说以后，大发雷霆，立即召集文官武将讨论这件事情。曹操主张，立即发四十万大军，亲自率领去攻打西川！这时，司马懿又从旁边站立的人群中走出来，不慌不忙地对曹操说：“丞相不必发怒，我有一计，不用劳动军马，也不用丞相亲自前往，就能让刘备陷入困境，等他的兵将士气衰落时，我们派一支人马入川，就可打败刘备！”曹操正在后悔当初没听司马懿的话，一鼓作气消灭刘备，现在听司马懿说又有妙计，连忙问道：“你有何妙计，请快快说来！”

司马懿说：“刘备与东吴孙权，看起来是亲家，实际上是仇敌。刘备占据荆州不还孙权，孙权想尽办法要夺回荆州。孙权把妹妹嫁给刘备，实际上是周瑜使的美人计，想骗刘备到江东后杀掉他，乘机夺取荆州，没想到弄假成真。前不久，孙权派人将妹妹偷偷地接回江东，孙、刘两家的矛盾已经无法解决了。现在，我们派一个能说会道的人到江东去，鼓动孙权发兵夺取荆州，刘备一定会亲自率兵去救荆州，我们再乘机发兵进攻西川。那时，刘备将会两头受敌，首尾难顾，有天大的本事也不行。”曹操听了司马懿的计策，心中大喜，连连点头说：“好计！好计！”立即写了一封信，派谋士满宠紧急送往江东，联合孙权夹击（夹攻）刘备。

孙权一直想夺回荆州，但又不敢冒冒失失地发兵攻城，正在犹豫不决的时候，忽然听说魏王曹操派使者送信来了，拆开一看，原来是约自己共同攻打刘备。孙权立即聚集谋士商议对策。大家一致认为：魏、吴两家本来是没有什么仇恨的，只是在赤壁打了一仗，而东吴却没得到一点好处。荆州那么大的土地，全让刘备占住了，先说借住，现在竟然有借无还，不趁现在这个时候，两家联手消灭刘备，夺回荆州，今后就再也没有这么好的机会了。于是，孙权款待魏王派来的使者，决定立即采取措施攻打荆州，并约曹操同时行动。

满宠回到洛阳，将出使东吴的情况向曹操详细地汇报一番，曹操便静等着孙、刘两家发生摩擦，以便从中取利。

不久，曹操在洛阳听到消息说：东吴派大将吕蒙领大军已经攻克了荆州，关云长在麦城兵败被俘，荆州已被东吴占领。

这一天，曹操召集文官武将，研究下一步怎么对付刘备，忽然有人报告："东吴派使者送关云长的人头来到！"曹操大喜道："关云长一死，刘备失去了一员大将，我也就高枕无忧了！"立即就要请使者进来。这时司马懿又出来说道："且慢！这是东吴嫁祸于人的计策，千万不要上了他的当！"曹操说："这是什么原因？"司马懿说："刘备与关云长、张飞三人桃园结义（当年刘备、关羽和张飞三位仁人志士，为了共同干一番大事业的目标，意气相投，言行相依，选在一个桃花盛开的季节，在一个桃花绚烂的园林，举酒结义，对天盟誓，有苦同受，有难同当，有福同享，共同实现自己人生的美好理想），发誓要同生共死，现在东吴杀了关云长，刘备一定会起兵复仇，孙权正是害怕刘备报仇，才将关云长的人头送到您这里来。这等于是在告诉刘备：是曹操让我杀关云长的！这么一来，刘备肯定要向我们复仇，东吴

却可乘机从中渔利，我们千万不可中了东吴嫁祸于人的计策！”

曹操觉得司马懿说得很对，心想：“司马懿果然是个人才！”便问：“我们应该怎么应对这件事呢？”司马懿回答道：“这件事很好办，东吴想嫁祸于我们，我们可将计就计。您与关云长可以说是故交，我们将关云长的人头收下，用上等的香木料做成关云长的身体，将人头缝在上面，再用最隆重的礼节埋葬，这也是告诉刘备：是东吴杀关云长的，跟我们没有什么关系！刘备一定更加痛恨孙权，肯定要发兵攻打江东，为关云长报仇，我们却可坐山观虎斗。如果刘备胜了，我们乘机攻孙权；如果孙权胜了，我们乘机攻刘备，无论谁胜了，得到好处最多的都是我们！”

曹操非常佩服司马懿的见识，便用朝廷葬大臣的礼节将关云长下葬，亲自为关云长发丧，又追封关云长为荆王，为关云长建造了一座很大的陵墓，派专人长年守护。

东吴杀了关云长父子、曹操厚葬关云长的消息，很快便传到西川。刘备切齿痛恨孙权，发大兵七十余万，亲自率领，攻打孙权，立誓要为关云长报仇。孙、刘两家终于爆发了一场大规模的战争。

中流砥柱，两代托孤重臣

公元220年春天，曹操得了头风病，卧床不起，寝食难安，夜里经常做怪梦，一做梦就看到那些被自己杀掉的人来到面前，赶都赶不走，又惊又吓，病情一天比一天严重。大家建议请道士来作法事，驱逐鬼魂。曹操说："圣人云：'获罪于天，无所祷也。'我天天梦见鬼魂，这说明我的寿命已到了尽头，作法事毫无用处，快为我准备后事吧！"又想了想道："召曹洪、陈群、贾诩、司马懿四人到我床前来，其余的人暂且出去。"

不一会儿，曹洪、陈群、贾诩、司马懿四人先后来到曹操的卧室，曹操等四人到齐了之后，对他们说："你们四人是我的得力大臣，我一生东征西讨三十多年，剿灭了许多割据势力，现在只剩下西蜀的刘备和江东的孙权两股势力，我已经不行了，这些事情只有依赖你们去做。我今天请你们来，只想请你们多多帮助长子曹丕继承我的事业……"四人跪拜在地，一一磕头领命。

曹操死后，曹丕继承了魏王的称号，将属下文武大臣一一加封，司马懿作为曹操的托孤大臣，自然也得到了封赏。曹丕向来与司马懿交情很深，国家大事经常向司马懿请教，司马懿这时真正成了曹丕的得力助手。

这年秋天，天下出了许多奇异的事，在石邑县（今河北境内）发现了凤凰，在临淄城（今山东淄博东北），有麒麟出现，在邺郡（今河北临漳西南）出现了黄龙。按当时的说法："龙、凤、麒麟等物都是极其吉祥的动物，这些动物的出现，就预示着有一个新皇帝要登基了。"于是，曹丕手下的一大批文武官僚刘晔、华歆等人便商量要废除现在的汉献帝，立曹丕为皇帝。在曹丕的默许下，四十多名文武官员集体面见皇帝，要求废掉汉朝的名称，将帝号让给魏王曹丕。汉献帝起初死活不肯，被众人软硬兼施，考虑还是保命要紧，只得发一道诏书，废除自己汉朝皇帝的称号，将帝位让给曹丕。

诏书一下，曹丕立即就要继位。司马懿对曹丕说："不能这么快就接受这份诏书！"曹丕问："为什么？"司马懿说："现在，名义上还是汉朝的天下，汉献帝将帝位让给您坐，这本是应该的事情，但天下的老百姓不知道内情，朝廷里的一些旧臣也会不服气的，他们会在外面说是您逼着皇帝退位的，这样的舆论对您不利，今后也会带来许多矛盾。"曹丕说："那该怎么办才好？"司马懿说："从历史上说，尧将帝位让给舜，是让了三次的，并且还筑了一个土台，在台上举行了一个隆重的让位仪式。这表现出是他诚心将帝位让给别人，而不是被别人强迫着这么做的。今天，您也该模仿古人，先将汉帝的诏书和玉玺退回去，再写一份推辞的信，表明自己不想当这个皇帝。我们再派人将这套仪式告诉皇帝。皇帝再下诏书，不允许您推辞，说明是为了国家大事考虑，才将帝位传给您的；您不为自己想，但要为天下的老

百姓想，必须接受皇帝的位子。这样做，既符合古代圣明君主的体制，又表明了皇帝让位的诚心，才能使天下人心服口服。”

曹丕本来就很信任司马懿，现在听了司马懿这一番分析，觉得非常有道理，而且非常稳妥，不禁对司马懿大加称赞，立即照司马懿的计划办理。经过几次推让，曹丕终于稳稳当当地当上了魏国皇帝。

曹丕当了皇帝之后，更把司马懿当作最得力的大臣，任命为尚书，又提升为御史中丞，加封为安国乡侯，第二年又升为尚书右仆射。两年后，曹丕南巡，命司马懿坐镇许昌，改封司马懿为向乡侯，转为抚军，总领军事，又加封为给事中，行使宰相的权力。司马懿推辞说：“我为您尽职尽责，这是我的分内事，您给我这么优厚的待遇，反而使我内心不安。”曹丕说：“你助我治理国家，忠贞不贰，我给你加封，只是要你多为我分忧，多为国家做点事情，你一定要不辞劳苦地多做事情。如果不愿意接受封号，那就是怕负责任，请你不要再推辞了！”司马懿只得表示感谢皇帝的宠爱，接受了曹丕的加封。曹丕又说：“你是我父亲托孤（临终前把留下的孤儿托付给别人）的重臣，又是我的得力助手。今后，我如果出巡，你就留守；我如果向东，你就镇守西方；我如果向西，你就为我镇守东方，请千万记在心上！”

对于曹丕的信任，司马懿当然是感激不尽，更加忠心耿耿地为魏国做事，表现出卓越的才能。

公元 223 年，刘备攻吴兵败而死，蜀国内部新旧交替，人心不稳。曹丕听说后，立即准备乘机发兵攻蜀，并聚集文武百官商议此事，有的说不能打，有的说能打。司马懿大声说：“机不可失，时不再来，应该乘机发兵！”曹丕见司马懿也主张发兵，便问他可有什么妙计。司马懿说：“现在以我们一国实力打西蜀难以取胜，可发五路大兵，四面夹攻。诸葛亮纵然善于用兵，但苦

于首尾不能救应，也没有办法对付！”曹丕问：“请问是哪五路大兵？”司马懿举起手来，伸出手掌说：“第一路，派人去见鲜卑国国王，送他一份厚礼，让他从辽西派羌兵十万，从旱路由西平关入蜀；第二路，派使者到南蛮国，令蛮王孟获，发蛮兵十万，从西川南部进军；第三路，派使者到东吴去，与孙权结盟，令孙权发兵十万，从川东、川西峡谷口进攻，直取涪城（今四川三台西北）；第四路，再令原西蜀降将孟达从上庸（今湖北竹山西南）发兵十万，向汉中挺进；第五路，由大将军曹真为都督，发兵十万，向西川进攻。五路大军共计五十万人马，诸葛亮本事再大也难以对付！”曹丕大喜，立即颁下诏书，令各自发兵。五路大军发出，虽未取得什么进展，倒确实使蜀国上下大为震惊。这次五路大军的部署，充分展示了司马懿的军事才能。

公元226年，曹丕忽然得了风寒感冒。他这年才40岁，正当壮年，起初并没把感冒当回事，哪知道一天比一天严重，全身无力，竟然不能起床。他似乎已经知道活不下去了，无可奈何，准备安排后事。

曹丕传诏：“立即请中军大将军曹真、镇军大将军陈群、抚军大将军司马懿入宫，又把儿子曹叡叫到床前。”等曹真、陈群、司马懿三人到了，曹丕指着儿子曹叡说：“我的病已经非常严重，是好不起来了，今天请你们三人进宫，就是把儿子托付给你们，我死以后，请你们三人尽力帮助他。”三人齐声说：“您的病会好的，请不要想得太多！”曹丕说：“今天许昌城门无缘无故地崩塌下来，这是不祥的兆头。现在才知道，这是预示着我的生命已经到尽头了。”正说着，征东大将军曹休回来了，在宫外等候召见，曹丕让他立即进来。曹丕对曹休说：“你来得正好，你与曹真、陈群、司马懿四人都是国家的栋梁大臣，如能团结一心、辅助我的幼子曹叡，我死在地下，也能心安了！”又对曹叡说：

“他们都是国家的老臣，你要加以重用，如果有人挑拨你与他们几人的关系，造什么谣言的话，千万不要相信！”曹丕挣扎着说完，含着眼泪死去。

曹丕一死，司马懿等人一边办理丧事，一面扶持曹叡当了皇帝。丧事完毕，曹叡分封大臣。他对曹丕托孤的几个人特别加封。司马懿被封为骠骑大将军，正好当时雍州、凉州没有守将，两处又接近边界，是很重要的地方，司马懿为表示忠诚，主动请求驻守凉州。曹叡同意司马懿的请求，命他总管雍、凉二州的兵马，封为舞阳侯。司马懿谢恩后，率领两个儿子立即赴雍、凉二州去上任。

忍辱负重，等待时机

曹丕病死，曹叡即位当了皇帝。消息很快传到了西蜀。诸葛亮立即召集文武官僚商议对策。诸葛亮说："曹叡继承皇位，这一点也不可怕。曹叡不过是个十五六岁的少年，可怕的是司马懿。司马懿是曹丕最得力的助手，曹丕死前，肯定委托了司马懿辅佐小皇帝，曹叡肯定要重用司马懿。现在司马懿果然总领雍、凉二州兵马，如果让司马懿将兵马训练成功，那将是我蜀国的一大后患，我想立即发兵进攻中原，乘曹叡没坐稳帝位，打乱他的阵脚，诸位认为怎么样？"

参军马谡说："现在发兵，恐怕难以取胜。丞相你刚从南方回师，士兵都很疲劳，只能休养，不能再远征中原。不过，我有一计，可让司马懿死在曹叡手中，不知丞相以为怎么样？"诸葛亮说："你有什么妙计，尽管说与我听。"马谡说："司马懿虽然是魏国大臣，但曹叡像他祖父曹操一样，疑心很重，对司马懿很不放心；魏国老臣中，也有许多人对司马懿心怀戒备。我们可双

管齐下，一面差人到洛阳、邺郡等地散布谣言，说司马懿不服新皇帝，正在训练兵马，准备造反；同时伪造司马懿的榜文，到处张贴，曹叡必定怀疑司马懿，肯定要想办法除掉他。除掉司马懿，我们就高枕无忧了。”诸葛亮觉得马谡这一计策似乎可行，便立即派人照计而行。

这天早晨，天刚亮，邺城的城门尚未打开，就围了一圈子人在城门口，赶来开门的守城军士感到奇怪，伸头一看，原来是贴着一张巨大的告示。问是什么内容，观看的人告诉他，“这是司马懿的榜文（古代指文告），上面写的是这么一回事：现在的皇帝祖父曹操当年并不想把王位传给曹丕，他本意是要传给曹植的，不料被曹丕夺了权。曹丕死了，现在让他的儿子曹叡来当皇帝。曹叡是个没什么本事的人，应该把皇位交出来，还给曹植，可他不干，所以，骠骑大将军司马懿要率大军来夺取皇位！”守城的小头目说：“这不成了造反吗？这可不是小事，赶快向上头报告去！”

早朝时，曹叡上朝议事，有人上奏道：在东、南、西、北的四个城门上，都发现了骠骑大将军司马懿的告示，说是要率兵造反，并当场把撕下来的告示捧给曹叡看。

曹叡看了榜文，大惊失色，急忙问文武大臣应该怎么办。又有人上奏说：前一段时间就有人传言司马懿不服皇帝，有造反之心。曹叡听了，更是忧虑，一时慌得拿不定主意。

太尉华歆对曹叡奏道：“上述传言，宁可信其有，不可信其无。我当年在太祖曹丞相部下时，曾听他老人家说过，司马懿相貌阴险，性格贪婪，为人聪明机智，不能让他执掌兵权，如掌兵权，必然会助长他的野心。所以，在太祖一生中，一直不让司马懿执掌兵权。太祖还对文皇帝（指曹丕）说过这样的话。文皇帝一直也非常注意这事，不让司马懿有太多的兵权。现在，文皇帝刚去世，司马懿要求掌管雍、凉二州兵马，我看他还是野心勃勃，想造反了，现在连造反的榜文都贴了出来，以前的传言当真变成了事实。事不宜迟，请皇上您立即下诏，捉拿司马懿，免除后患！”

华歆刚说完，王朗又出来奏道：“太尉华歆刚才一番话说得极为正确。司马懿懂得治兵、用兵的道理，而且胸有大志，这么多年来，没敢表现出来，是因为怕文皇帝制裁他。现在他又有了兵权，如果不及早除去，将来一定会成为国家的祸害，乘现在他军队尚未训练成熟，我们神不知鬼不觉地将他抓起来，可省许多事情！”

曹叡听了华歆和王朗的话，情绪镇定了下来，立即传诏，调兵遣将，准备亲自去捉司马懿。忽然，大将军曹真从一侧站出来说道：“皇上且慢下诏书！司马懿是前两代的大臣，文帝去世之前又向他当面托孤，请司马懿与我们几人一同辅佐陛下，说明文帝是了解司马懿的。并且，我记得文皇帝在临终前还说过，‘如有人传言，在皇帝面前挑拨你们几个人的关系，请不必相信’，万一现在的传言是假的怎么办？如果是蜀国或吴国的奸细故意造谣，皇帝您若杀了司马懿，不正好中了敌人的奸计吗？”

两旁的文武大臣中，不少人赞同曹真的意见。曹叡问：“如果司马懿当真谋反，那该怎么办呢？”

曹真说：“那也不必担心，司马懿是否真的谋反，只要试一试就能知道。”曹叡说：“如何试法？”曹真答道：“当年，汉高祖刘邦当皇帝时，听说楚王韩信要造反，刘邦用陈平的计策，假装到云梦一带去视察，骗楚王韩信去迎接他，在当地捉住了韩信。现在，皇帝您也可假装到安邑（今山西夏县西北）一带去巡视。您到安邑，就与司马懿驻守之地接近，司马懿听说了，一定会亲自来迎接您。那时候，再看他的动静，如果他当真想造反，就地捉住，他想跑也跑不了。假如他不想造反，也免得冤枉了好人。再说，若司马懿真的谋反，我们摆出一副征讨的架势，他也会提前防备，反而不好办，还是先试一试稳妥些。"

听了曹真的话，曹叡才算真正有了把握，想起父亲曹丕去世前确实说过：如有人挑拨与曹真、陈群、司马懿的关系，千万不可相信。曹叡传下诏书：巡视安邑一带，让沿途各州县的官员做好接驾的准备。曹真率大兵保驾，并一路打探司马懿的行动。

司马懿驻守雍、凉二州以后，日夜操练人马，以防边境外敌来犯。这一天，忽听报告说：皇帝曹叡巡视安邑，不几天就要到达，到时候还要顺便来西凉巡视一下。司马懿心想：皇帝出巡，大臣应该远道迎接，为了表示忠心，我要迎出三天的路程。又转念一想：今天的皇帝非常年轻，对我印象不是很深，也不了解我的才能，不妨将我这一段时间训练的兵马带一部分去，让皇帝看看我的军容，知道我的才能。

于是，司马懿传令：让两个儿子司马师、司马昭留在凉州城内，小心防守，自己亲自率领十万大军，远道出迎。一路上，司马懿从容前进，看着自己刚刚训练出来的兵马，队伍整齐，盔甲鲜亮，旗帜分明，士兵们一个个精神饱满，虽然在行军途中，队形仍然丝毫不乱。司马懿看着、想着，非常开心。

曹叡一面行进，一面不断派人打探司马懿的动静。这一天，前哨派人报告："司马懿已经前来迎接，人马尚在五十里之外。"曹叡问："司马懿带了军队没有？"报告说："带了数万军队，看队伍的长度，至少不下十万人，而且队伍整齐，纪律严明，看起来战斗力很强！"

曹叡听完报告，大惊失色："司马懿果然想谋反！这怎么办？"大将军曹休说："让我先率兵去阻挡他，请皇帝在后面做好准备。”曹休立即点齐两万精兵，飞速向前迎去。

司马懿正在行军，前面有人报告：“对面有车马来到，大约有数万人。”司马懿以为是已经遇上皇帝了，立即传令：“兵马原地休息不动！”自己只带两名随从前去迎接皇帝。

走了不远，前面的车马已经隆隆地走了过来，司马懿下了马，跪在地上，口称迎接皇帝。大将军曹休坐在马上，心中想道：“司马懿不像造反，如果造反，怎么会自己跪在地上迎接皇帝呢？”转念又想：“这个人足智多谋，我不要上了他的当！”便拍马上前，用马鞭指着司马懿说：“司马懿！你受先帝托孤，辅佐皇帝，皇帝待你恩重如山，你却为什么要造反？”司马懿一听，大惊失色，冷汗流了一身，忙道：“大将军，不可开玩笑，我一贯忠心，怎么会谋反（暗中谋划反叛）？请您将其中的内情告诉我！”曹休便将城门上榜文的事情和一些传说，一一说了出来。司马懿说：“大将军，这是吴、蜀的奸计，他们的目的是要使我国君臣不团结，乘机进攻我国，千万不可相信！我一定要当面向皇帝说清楚！”

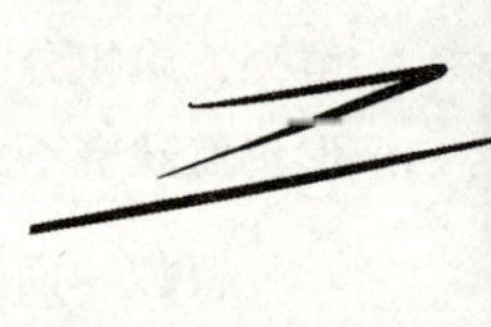

司马懿命随从回去传令，让现有大军退回五十里休息，自

己单人匹马，随曹休来见皇帝。见了曹叡，司马懿伏在地上说："我受先帝托孤重任，一贯忠诚，怎么会有二心呢？一定是吴、蜀的反间计，请皇帝给我一支军马，我先攻破蜀国，后破吴国，报答皇帝对我的恩情！"

听了司马懿的表白，曹叡踌躇不定。华歆对曹叡说："不可再让司马懿掌兵权，可撤去他的职务，将他放回故乡。"曹叡便命令司马懿交出兵符，削去其职务，放他回故乡务农。曹叡率文武大臣班师回朝，命令曹休接管雍、凉二州兵马。司马懿交出兵符，带着两个儿子回到故乡，心中有一股说不出的窝囊气。

临危受命，平生之志终可展

司马懿被削去官职、夺了兵权，回乡的路上，心中暗自感叹："帝王的心思真是难以捉摸！我这样忠心耿耿为国家尽力，竟然也遭到怀疑，差点连性命都赔了进去。唉！回乡也好，每天种点菜，逛逛山水，读点诗书，倒也快乐得很。"想着想着，心情逐渐开朗起来。这时，骑马跟在旁边的司马师笑着对父亲说："父亲，您不必烦恼，皇上他怀疑您，将您削职，这也不一定是坏事，到时候，他会来求您出山的！"司马懿说："你凭什么说皇上最终会来求我呢？"走在另一边的二儿子司马昭接口说："现在，魏蜀吴三国三分天下，谁都不会安于现状，一定在互相吞并。蜀国有丞相诸葛亮，治国治军都很有策略，放眼天下，无人能敌，就是父亲您亲自出马，也胜不了诸葛亮，勉强能保住魏国领土不受侵犯罢了。吴国现在有大将陆逊总督水陆兵马。陆逊的才学固然不如父亲您，但比我国现在执掌（掌管；掌握）兵权的曹真、曹休等人可就高出许多来。不要说蜀吴两国联手攻魏，

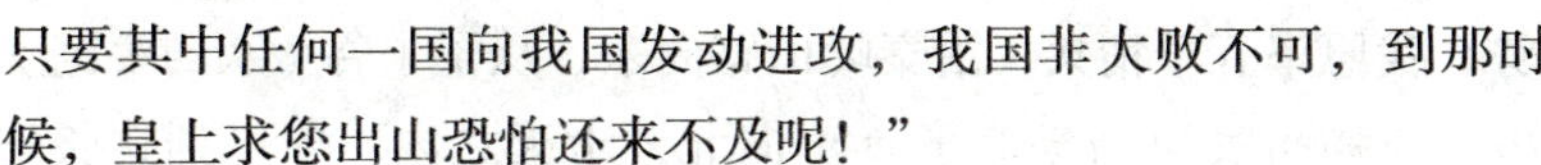

只要其中任何一国向我国发动进攻，我国非大败不可，到那时候，皇上求您出山恐怕还来不及呢！”

司马懿听了司马昭的话，觉得儿子已经长大了，成熟了，心里非常高兴，便转头问司马师：“你弟弟分析得有没有道理？”司马师回答道：“不瞒父亲您说，这是我和弟弟成天在一起讨论的结果。我们认为，当今魏国君臣中，文官武将虽然很多，人才也的确不少，但是要想与蜀国的诸葛亮、吴国的陆逊相抗衡，恐怕除了父亲您就找不出第二个人来了。所以，我们这次回家闲住，倒是个好机会。我料定诸葛亮不久就要大举进攻，到时候，魏国上下肯定一片慌乱，没有您，谁也收拾不了这个局面！”

听了两个儿子对天下形势的分析，司马懿仔细看看他们，发觉不知什么时候儿子们已经长成英气勃勃的俊美青年，心里想：“有这两个儿子，我还担心什么？还愁将来天下不是我司马家的？”想着想着，司马懿被贬职的怨气一扫而光，高兴得哈哈大笑，催马疾奔。司马师、司马昭兄弟二人也相对会心一笑，紧随父亲奔驰而去。

司马懿兵权被夺、削职回乡的消息很快便传遍了天下，早有蜀国的暗探将这一消息原原本本地向诸葛亮做了汇报。诸葛亮听到这个好消息，十分高兴，大声说：“我早就想大举进攻魏国了，无奈有司马懿执掌着雍、凉二州的兵权，所以才未敢轻举妄动，现在司马懿被赶走了，我还怕什么！我要在曹叡还没清醒过来之前，一鼓作气攻下中原！”于是，诸葛亮点调将士，安排好朝廷内政，给后主刘禅上了一道《出师表》，亲率大兵三十万，浩浩荡荡向中原进发。

诸葛亮大兵来到沔阳（今陕西勉县东），再往前进就要到达魏国地界了，诸葛亮命令大兵屯扎下来，聚集众将商议如何进兵。大将魏延说：“今天我们进攻魏国，要来个迅雷不及掩耳之势，我愿率五千精兵，沿秦岭山路向东，从子午谷（从西安到秦岭，通西川汉中的主要道口）向北，十天之内，即可到达长安（今西安）。丞相您率大军从斜谷进军。这样，咸阳（今陕西咸阳东北）西面大片土地就被我们占领了。如果大军只从大路进发，魏国发重兵对阵，双方必定要打持久战，那我们什么时候才能占领中原？”诸葛亮笑道：“你这个办法太冒险，你难道藐视中原没有能人吗？如果有人在秦岭山道险要处埋伏大队军马，你的五千精兵将会全军覆没，这也会挫伤了我大军的锐气，不可行。我们还是从大路进兵，稳扎稳打，一定会获胜的。”魏延心中不高兴，也没有办法。诸葛亮拟定了从大路进兵的作战方案，令赵云为先锋，全速进军。

诸葛亮出兵进伐中原的消息早被魏国边关将士探到，火速报到洛阳。魏王曹叡升朝，召集文武大臣，商量派兵抗拒蜀国入侵的大事。魏国驸马夏侯楙（mào）应声而出道：“我父夏侯渊当年死在蜀国手里，父仇至今未报。现在蜀国进犯我国，我愿率领本部人马，再请皇上将关西军马派给我调度，我去抵挡蜀国进攻，上为国家效力，下为我父报仇，即使是上刀山、下火海也在所不辞！”曹叡心想：“驸马虽然很聪明，但从来没打过仗，恐怕难以胜任。”再看也没谁愿意挺身而出，只得抱着试一试的想法，同意了夏侯楙的请求，命夏侯楙率大军二十万前去抵抗诸葛亮。

夏侯楙出身贵族，又是驸马，无论到哪里，人们都很奉承他，加上他天资不错，比较聪明，读的书也不少，学问相当好；人们经常称颂他有本事，耳朵中听到的都是奉承话，时间一长，便养成了一种骄横的脾气。这次出兵与诸葛亮对抗，哪里是诸葛亮的对手，两军对垒，不到几天的工夫，连败几阵，丢了安定、天水、南安三郡，夏侯楙自己也被诸葛亮生擒活捉了。

消息很快传到魏国首都洛阳，曹叡又召集文武大臣商量退兵之计，问："诸葛亮连得三郡，夏侯驸马不能抵抗，蜀兵势不可当，哪位将军可率兵出征？"连问两声，无人愿意出征，曹叡非常焦急。这时候，司徒王朗出来奏道："当年先帝用兵，每次出征时都有大将军曹真率兵，战无不胜，现在陛下为什么不请大都督曹真领兵挂帅呢？"曹叡恍然大悟，立即派人火速请来曹真，对曹真说："您是先帝托孤重臣，现在国家危难，请您辛苦一下，率兵抗蜀。"曹真说："我受皇上大恩，怎敢推辞？只求一人为副将，随我一同前往。"曹叡问道："这个人是谁？"曹真说："这人是山西太原人，名叫郭淮，字伯济，现为雍州刺史。此人善于用兵，将来必定是国家重臣。"曹叡立刻传诏，命曹真为大都督、郭淮为副都督，点二十万兵马，立即出征。

没过十几天，又有消息来报："大都督曹真率精兵二十万、羌兵八万，与蜀兵交战，连输数阵，羌兵几乎全军覆没，大都督的两名先锋官都被蜀军杀死，现在曹真坚守不出，蜀兵士气更盛，请皇上再加派人马助战！"曹叡听到这个消息，急得坐立不安，连忙升朝议事，文武大臣们一个个你看看我，我看看你，毫无办法，曹叡不禁浑身汗如雨淋，六神无主！

这时候，华歆出班奏道："当前军情紧急，我看只有皇上亲自出马，会齐各路诸侯，万众一心，才有胜利的可能。要不然，再拖下去，诸葛亮大兵又进，长安就危险了！"太傅钟繇出班奏道："皇上不可轻出！谁说我朝已无大将可用？我认为作为大将，必然是智慧超人，才能胜利。孙子说：'知己知彼，百战不殆'，我料定曹真虽然是很好的大将，但和诸葛亮相抗衡，恐怕还不行。我用全家大小几十人的性命保举一人，一定会打退蜀兵，不知皇上能不能同意？"曹叡急忙问道："您有什么人，请赶快推荐给我！"钟繇说："当初，诸葛亮在进兵之前，惧怕司马懿执掌兵权，故意用反间计挑拨，说司马懿想造反，皇上您果然怀疑，将司马懿削职遣返回乡，这样，诸葛亮才敢兴兵进犯。现在，只有起用骠骑将军司马懿，才能打退蜀兵。”曹叡叹口气说道：“这件事我一直到今天还在后悔，不知司马懿现在什么地方？”钟繇说：“现在宛城故乡闲住。”曹叡立即传诏，恢复司马懿旧职，加封为平西都督，命令司马懿发南阳兵马，与自己会齐，出征西蜀。

司马懿在宛城闲住，听说魏兵接连战败，不觉仰天长叹，司马师、司马昭问道：“父亲这样叹息，为什么？”司马懿说：“天下大事，你们还不全懂啊！”司马师笑着说：“莫不是叹息魏主不用您吗？”司马昭接口说道：“不用着急，据我看来，不出三天，朝廷就会来请您出山了！”正说着，忽然家人报告：“朝廷有诏书来到！”司马懿大吃一惊，心想：“这两个儿子怎么有先见之明？看来他俩将来一定会超过我很多很多！”想到这里，心神异常兴奋，立即率两个儿子出门，跪接诏书。

使者宣读诏书，果然是恢复原职，调司马懿父子出山领兵，并且还说明过去贬职是中了敌人奸计，让他不要放在心上。司马懿磕头谢恩（感谢别人给自己的恩惠），立即打点行装，点齐南阳兵马，奔赴洛阳与魏主会齐，抵抗蜀兵。

处事果断，为国立功

诸葛亮自从讨伐中原以来，大军接连获胜，心中非常高兴。一天，派驻在魏国首都的间谍送来一份情报。情报说：自蜀兵大举进攻以来，魏国君臣惶恐不安，城中军民心神不宁。最近，魏主曹叡听从太傅钟繇的推荐，重新起用被赶回老家的司马懿，命令司马懿率南阳兵马数十万到首都与曹叡会齐，一同出兵，抵抗蜀军的进攻。诸葛亮看了这份情报，心中颇为担心，赶快考虑对策，准备将现有的军马进行调整。

诸葛亮正准备对军力做新的部署，忽然，营外军士报告："镇守永安的李严派他儿子李丰来求见丞相，说有重大事情报告。"诸葛亮一听，吃了一惊。李严一直担负着防守东吴的责任，忽然派儿子来，是不是东吴趁我大兵伐魏、国内空虚的时候来进攻西川？他立即下令："快请李丰到大帐相见！"

不一会儿，李丰满面笑容进了大帐，诸葛亮一看，不觉有点

疑惑，问道："你不随父亲镇守永安宫（今重庆奉节境内），来到军前，有什么重要事情？"李丰回答道："特地来为丞相道喜！"诸葛亮问："有什么喜？"李丰说："丞相可还记得一个叫孟达的人？""记得！他原是蜀国大将，后来投降了魏国，听说他一直心中不安，是不是孟达有什么消息？""正是！"李丰从容地说道，"当年孟达投降魏国，是迫不得已。孟达这个人文武双全，很有见识，曹丕在位时非常欣赏他，经常赏赐他金银珠宝，和他同坐一辆车子出入，并封他为散骑常侍、新城（今湖北房县）太守，镇守上庸（今湖北竹山西南）、金城（今陕西安康）等地，负责魏国西南一带防守重任。自从曹丕病死，曹叡继位后，朝中人嫉妒他，经常在曹叡面前说他的坏话，孟达日夜不安，怀念故国。孟达经常对人说：'我原是蜀国人，现在落到流落外乡的地步！'孟达连续写了几封信给我的父亲，让我父亲转告丞相，他想率兵马回到故国。最近，我国进攻魏国，连连获胜，他准备率领金城、新城、上庸三处兵马起义，直捣洛阳，与我国大兵内外呼应。现有孟达的亲笔书信在此，请丞相审阅。"

说完，李丰取出孟达的书信。诸葛亮听了李丰的报告，又读了孟达的书信，高兴得笑逐颜开，说道："最近听说曹叡重新起用司马懿，发兵抗我，我正担心不好对付，现有孟达里应外合，真是天助我成功！不过，司马懿足智多谋，孟达起义的事情千万不可泄露消息，一旦让司马懿知道，孟达必死无疑，我要写一封信，告诉孟达，千万保密，不可让司马懿知道！"诸葛亮立即写了一封信，交给孟达派来送信的使者，并要他转告孟达，要如何如何小心。

做完了这一切，诸葛亮便耐心等待孟达起义的消息。只要孟达一发动，诸葛亮就立即行动，到时，保准大获全胜。

孟达在新城静等诸葛亮回信，这一天终于看到送信的使者回来了。他接过诸葛亮的信一看，不觉失笑，“人人都说诸葛亮心眼多，今天看来果然不错，不过他也太胆小了！司马懿有什么好怕的！诸葛亮要我提防他，还不能和任何人商量起义的事情，不商量怎么办事？再说，即使司马懿知道，他必然要请示魏主曹叡，从宛城到洛阳八百多里，到新城一千两百多里，等曹叡批准司马懿之后，一往一返一个多月，我的准备工作早已做好，还怕他司马懿不成！”于是，孟达一边召集自己的部下申耽、申仪商量起义，一面给诸葛亮回信，请他放心，只管静等起义胜利的消息好了！

司马懿自接到曹叡的诏书后，立即率兵起程，途中，军士报告：“金城守将申仪派心腹家人有重要军情报告！”司马懿立即命他到马前回话，来人将孟达准备起义造反的事情详细说了一遍，递上申仪的亲笔书信，又递上孟达外甥邓贤和心腹大将李辅的告发书信。司马懿看后，又惊又喜：惊的是诸葛亮兵出祁山，势如破竹（像劈竹子一样，劈开上端之后，底下的都随着刀刃分开了，形容节节胜利，毫无阻碍），皇上被迫亲自出马；如让孟达造反成功，与诸葛亮里应外合，我魏国必然大乱，洛阳、长安立即面临失守的危险！喜的是，幸亏皇上及时让我司马懿重新上任，我捉孟达可说是手到擒来。只要捉了孟达，诸葛亮没有内应，兵势受阻，要和我长期对峙，必然会因进攻不成而退兵，这真是我魏主的齐天洪福！

司马师这时正在司马懿的身旁，说道：“父亲，孟达造反，要立即除掉，事关军机大计，请父亲火速写信报告皇上，请皇上下诏捉拿反贼！”司马懿道：“我儿计划得不够周密。你想，如果现在向皇上报告，等待皇上答复后再去新城，那时一个月早就过去了。没等我们赶到新城，只怕洛阳已被孟达困住了！我是一国的军事统帅，遇到敌人、强盗、反贼，就要立即消灭，先消灭敌寇，然后再报告皇上，这是变通的灵活性，我儿今后要牢牢记住这个道理！”司马师听了父亲的一番教导，不住地点头，心想：“这下才算是大长了见识！”

司马懿又说：“我现在要双管齐下，一面要稳住孟达，让他仍然蒙在鼓里，不做防备，一面加急行军。从现在来看，要想稳住孟达，只有一个办法，送一封信给他，让他准备兵马，随我去抵抗蜀兵。他必然认为我还信任他，就会从容不迫地做准备工作，我却以迅雷不及掩耳之势（雷声来得非常快，连捂耳朵都来不及。比喻来势凶猛，使人来不及防备），突然攻到新城，打他个措手不及！”司马师听了父亲的一番计划，连连点头，立即催促大军：加速行军，一天要走两天的路，违令者斩！

孟达在新城约好金城守将申仪、上庸守将申耽，要他们加紧准备，早日起义。申仪、申耽只表面答应说还在准备，暗地里却准备捉住孟达。

这一天，孟达闻报：司马懿派参军梁畿（jī）来送书信。孟达请进梁畿，梁畿拿出司马懿的亲笔书信，孟达展信一看，原来是要自己准备率兵抗蜀。信中说：“孟将军当年弃蜀投魏，魏主加以重用，世人都知道您忠贞不贰。现在蜀国大兵犯境，皇帝命我率兵出征，特请您早做准备，到时共破蜀军。”孟达看了信，心想：“我正好借这个机会好好准备一番！”却问梁畿：“参军，您来的时候，不知司马将军的大兵发动了没有？”梁畿说：“我来的时候，大兵也同时出发，估计这几天已经离开宛城，正在向长安前进。”孟达听了这些话，心中大喜，“这么一来，我可大功告成了！”他不动声色地大摆酒席，款待梁畿。

诸葛亮答应孟达起义并送出书信后，便静等孟达的消息。这一天，孟达派出的使者求见，诸葛亮令使者立即进帐相见，使者拿出孟达的回信，信上说：“起义的准备工作正在进行，请丞相放心。司马懿固然厉害，但他从宛城到长安，再到新城，往返没一个月的时间到不了，那时我早已发兵起义了！请丞相不要担心。”诸葛亮看了信，连声叫苦：“孟达糊涂！一国统帅，手握军权，遇敌除敌，遇盗除盗，哪里会听说有人造反却千里迢迢地去请示皇帝？依我看，不出十天，司马懿一定会杀了孟达，大好时机，就这样失去了！”左右的文武将军都说：“既然这样，丞相应火速写信，令孟达早做准备！”诸葛亮说：“看来只有听天意的安排了！”又匆匆地写了一封信，令使者回报孟达。

司马懿和儿子司马师、司马昭率领大军，日夜兼程，走了两天，前军捉住了孟达的使者，押到司马懿面前。司马懿和善地说：“我不杀你，你只要如实告诉我你在干什么就行了。”孟达的使者无可奈何，便将孟达与诸葛亮怎样互通书信，怎样准备起义，诸葛亮怎样交代孟达等等，详细地说了出来，并且将诸葛亮的信也交了出来。司马懿听了使者的一番话，又看了看诸葛亮的信，大惊道：“诸葛亮真是个能人！幸亏我们掌握先机，否则只怕要吃大亏！”随即催促大军急速前进！正行军时，碰上了老将军徐晃的军队，司马懿告诉徐晃，现在正加急行军，要捉图谋造反的孟达。徐晃立即自告奋勇，要充当先锋，司马懿大喜，和徐晃合兵一处，共同前进。

这一天，孟达通知申耽、申仪二人，明天发兵，进攻洛阳，新城都换上了汉朝的旗号。正在准备，忽听得城外炮声震天，鼓角齐鸣，孟达登上城楼一看，见一面大旗，上写“右将军徐晃”，孟达大惊，命令士兵立即拽起吊桥，紧闭城门。不一会儿，司马懿大兵到达，旌旗满天飞舞，刀枪林立，把新城团团围住。孟达在城上看罢，长叹一声：“司马懿果然是个能人，诸葛亮真有先见之明！”于是，命令全城军士坚守不出。

第二天，司马懿的军队把新城围得水泄不通，孟达在城里坐立不安，亲自上城头巡视，忽见远处冲来两支人马，大旗上写着“金城申仪”“上庸申耽”，孟达大喜，认为援兵来到，命令大开城门，率一支兵马冲出。申耽、申仪大叫：“孟达反贼，早早下马受死！”孟达一听，知道自己上了当，立即掉转马头要回城里去，城上乱箭射下，原来是李辅、邓贤已将城献给了司马懿。孟达无可奈何，单枪匹马，左冲右突，想杀开一条血路逃走，被申耽赶上，一枪刺死在马下。之后，申耽、申仪恭请司马懿入城。

司马懿从离开宛城，到除去孟达，总共只用了八天时间。

断蜀军咽喉，显示非凡军事才能

司马懿除去孟达，占领了新城，命令申耽、申仪、李辅、邓贤等人留守城池，自己率领大军直奔长安城，与曹叡会合。

司马懿在长安城外安顿好军马，自己入城来见魏主曹叡。曹叡见司马懿来到，非常高兴，对司马懿说："我当初中了敌人的计策，将你赶回老家去，心中十分后悔，这次如果不是你及时除去了造反的孟达，我魏国的江山可就危险了！"司马懿说："我在行军途中，听到申仪密报孟达造反。当时想，应该请示皇上同意才能下手，后又一想，如果等皇上圣旨下达，往返要一个多月的时间，再要制止孟达造反，就来不及了。所以我便一面派人给皇上送信，一面马不停蹄向新城进发，依仗皇上洪福，终于及时消灭孟达，请皇上原谅我的自作主张。"说完，又将缴获的孟达与诸葛亮之间的来往信件给曹叡看。曹叡看完书信，深深赞叹司马懿处理大事的果断精神，对司马懿说："你的学识、本领，比古代最善于用兵的孙子、吴起，都有过之而无不及。今天，我

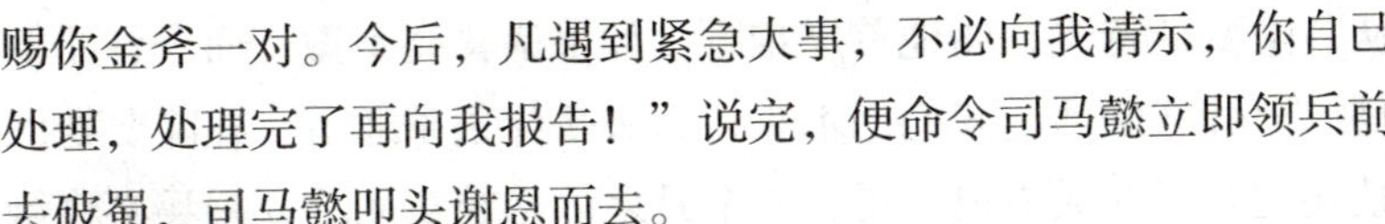

赐你金斧一对。今后，凡遇到紧急大事，不必向我请示，你自己处理，处理完了再向我报告！”说完，便命令司马懿立即领兵前去破蜀，司马懿叩头谢恩而去。

司马懿率领二十万大军，连夜赶赴前线。途中，他与先锋大将张郃商量道：“诸葛亮生平谨慎，行军打仗，从不冒险。这次他兵出祁山，连连获胜。要是我用兵的话，我一定先派一支精兵，穿过子午谷，直奔长安，这时候，长安早已被我攻下了。诸葛亮也懂得这一道理，但是他怕我们早有防备，实际上我们并未防备，这说明诸葛亮对我们的形势了解得并不清楚，也给了我们从容准备的时间。现在，诸葛亮的大军一定会穿过斜谷，攻取郿城（今陕西眉县东十五里渭河北）、箕谷二处。我已派人告诉曹真大都督，请他坚守郿城，如有蜀兵来攻，只要守住城池，不要和蜀兵交锋就行了。我又告诉孙礼、辛毗二人，让他们用大兵截住箕谷道口，在道路的险要处埋伏好人马，如有蜀兵来到，突然袭击，蜀兵非败不可！”

张郃听了司马懿的分析，觉得司马懿真像古人说的那样“知已知彼”，如果早让司马懿当统帅，蜀兵恐怕也打不进来了，便问：“我们现在应该从何处进兵呢？”司马懿说：“在秦岭的西边有一条道路，名叫街亭；街亭旁边有一座小城，名叫列柳城；街亭、列柳二处，都是通往西蜀汉中的咽喉要道，又是蜀兵运送粮草的主要路线。诸葛亮欺负曹真考虑问题不周到，一定会从这条道路通过，然后到达郿城、箕谷等地。我们现在火速行军，占领街亭，离蜀国门户阳平关就不远了。那时，我们既断了诸葛亮运送粮草的道路，又对蜀国边境构成威胁，进可以攻，退可以守，诸葛亮大军就会不战自败！”

张郃又问：“那么诸葛亮会采取什么对策呢？”司马懿说：“诸葛亮有两个对策，一是大军撤回，如果这样，我派各路人马

从各险要处奇袭，叫他首尾难顾；如果诸葛亮不撤，命令各路军马原地驻守的话，我们用木头、石头垒住条条通道，在险要处派精兵把守，蜀兵进退不得，一个月之内，粮草用尽，蜀兵必将饿死，诸葛亮也就难逃我手！因此，不管诸葛亮退是不退，都只有死路一条！”张郃这时已对司马懿佩服得五体投地，说道：“您真是神算！”司马懿又说：“形势虽然是这样，但诸葛亮不同于孟达，千万不可轻敌。你为先锋大将，一路小心，要多派前哨人马，细细察看地形，必须查明没有埋伏时才能前进，不要中了诸葛亮的计策。”张郃遵照司马懿的嘱咐，领兵前去。

诸葛亮在祁山大寨中，每天派人打探孟达起义的情况。这一天，前方哨探来报：“司马懿率领大兵，八天之内赶到新城，孟达措手不及，在乱军中被杀。申仪、申耽、李辅、邓贤都是司马懿的内应，所以，孟达败得一塌糊涂。现在，司马懿被封为平西大都督，令张郃为先锋，大军二十余万，已向我军进攻。”诸葛亮大惊失色道：“孟达做事不机密，自取灭亡，使我失去了一次收复中原的机会。现在司马懿兵出长安，一定会来抢占街亭，断我粮草，绝我大军归路，谁敢领兵据守街亭？”

马谡应声答道：“我愿守街亭！”诸葛亮见是马谡，心想你一个书生，怎能打仗？便道：“街亭地方虽小，可关系重大，如果街亭失守，我大军便没有退路，你知道不知道其中的重要性？”马谡说：“我从小熟读兵书，精通兵法，一个小小的街亭怎会守不住？”诸葛亮说：“司马懿不同常人，又有张郃为先锋。张郃是魏国著名大将，你可能不是对手。”马谡大声说：“不要说司马懿、张郃，便是他魏国皇帝亲自来，我也不怕。如果街亭失守，我愿以全家性命担保，现在就立下军令状！”诸葛亮心想，马谡平常很有学问，平孟获时，他也曾显示出才华，就让他去吧，便立了军令状，拨两万五千人马，让马谡去守街亭，又派大将王平协助马谡。他对王平说："你随我行军打仗多年，小心谨慎。这次守街亭，千万小心，大军安营之后，立即画一幅布防图送来！"

马谡、王平去后，诸葛亮不放心，又命令高翔："街亭东北有一个列柳城，地势险要（地势险峻），你领一万兵去守住列柳城，如果街亭告急，就发兵去救。"高翔领令而去。诸葛亮又寻思：王平、高翔都斗不过张郃，必须有一员大将才行，又令魏延领兵一万，驻扎在街亭右后方通往阳平关的路上。这样分派了几路人马，诸葛亮才放了心。

司马懿大军来到离街亭二十里处下寨，他命令司马昭率人去探视街亭的道路，并对司马昭说："如果街亭有军队把守，立即停止前进。"司马昭看过街亭回报："街亭已有军兵守御。"司马懿感叹道："诸葛亮真是了不起，我到底还是不如他！"司马昭笑着说："父亲不用长诸葛亮的志气，依我看来，街亭虽有重兵，但仍然容易攻克！""为什么？"司马懿问。司马昭说："我看见驻守的军队不在道路上，却驻在山上，所以我敢讲此大话！"司马懿大喜道："果然如此，真是天助我成功！"他立即更换衣服，亲自领着一百多精壮骑兵，乘着月光，到山下四面看了一下，回到寨中。

司马懿看了蜀兵的部署，心中已经有了占领街亭的策略，他在大帐中问道："街亭驻军头领是谁？"回答说是马谡。司马懿笑道："诸葛亮虽然会用兵，却不会用人。马谡是个书生，只会纸上谈兵，诸葛亮竟然让他来守街亭，看我明天夺取街亭！"他立即分拨人马，令先锋张郃领一支人马，挡住驻扎在街亭左侧的王平；令申耽、申仪领两支人马困住山头，阻断蜀兵取水的道路，等蜀兵内乱后发兵进攻。分拨妥当后，第二天天一亮，司马懿大队人马一拥而进，把山头四面围住，围得水泄不通。

原来，马谡来到街亭后，王平认为要在道路当中驻兵，这样敌人就冲不过去，可马谡认为必须驻在山上，那样居高临下，会势如破竹。再说，如果魏兵围山，断了我军水道，那时候，我军必然拼死战斗，奋勇杀敌，这叫“置之死地而后生”！他又用自己官大来压王平，王平没办法，只得自己领五千人守在街亭左侧。马谡领两万人驻在山上，命令：“魏军围山时，看中军红旗招展时，一起冲出，杀败魏兵。”可现在，魏兵四面围住山头，漫山遍野都是魏兵，蜀兵个个惊慌。马谡挥动中军红旗，令蜀兵冲锋，就是没人敢下去，无可奈何，马谡只好紧闭寨门，坚守不出。可山上无水，军马无吃无喝。傍晚时，竟然有人下山投降，蜀兵更加惊慌。半夜时，山下四面起火，马谡自己也发了慌，只得率领军队冲下山来，夺路逃跑。司马懿传令：“让蜀兵逃走！”马谡冲出以后，司马懿大兵一拥而入，轻而易举占领了街亭重地。

魏

神机妙算，连破数城

司马懿占了街亭，命手下军士给张郃、申耽、申仪、司马师、司马昭等人送去下一步的行动计划。

马谡败军冲破魏军围困，张郃率大军随后穷追不舍，眼看马谡就要再次被围困时，忽然从山道上杀出一支人马来，原来是魏延听得街亭危险，赶来支援。魏延让马谡军队通过后，挥刀纵马，拦住张郃追兵，张郃见魏延赶来，也不与他争斗，掉转马头，率军退走。魏延哪里肯让，紧紧追赶，夺回了街亭。魏延心想："乘现在势头穷追一程，大败魏兵，也显出我的本事！"便跟踪追去，不到五十里路，突然自己的军队大乱，回头一看，左边司马懿、右边司马昭，率两路人马从背后杀出，已经阻住了魏延的后路，前面的张郃又掉转马头，三路军马，把魏延困在中心。魏延奋力拼杀，左冲右杀，不得脱身。正危急间，大将王平率五千人马从后杀入，魏延与王平兵合一处，努力冲出魏军包围圈，往街亭旧寨奔逃。

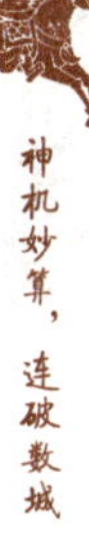

魏延、王平二人将要到街亭时，放眼望去，只见街亭道口寨中，尽是魏兵旗帜。申耽、申仪奉司马懿密令，等魏延追张郃走远了的时候，突然出兵，再次占领了街亭。他们见魏延、王平领着败军逃了回来，奋勇冲击，要与魏延、王平拼杀。魏延和王平的军马这时已是疲劳不堪，哪里经得起申耽、申仪这一支精力充沛军马的攻击，只好往列柳城败逃，希望能和高翔会合，守住列柳城，再做打算。

行到途中，前面一支人马打着蜀国的旗号开了过来，原来是高翔在列柳城听说街亭有失，火速赶来救应。三人合兵一处，驻扎下军马，商量下一步如何行动。王平说："马谡不听我劝告，坚持在山上驻军，街亭失守，幸亏魏将军夺回，不料又中了司马懿的伏兵之计，再次失掉了街亭，现在如何是好？"魏延说："街亭事关重大，一定要夺回来，不然我们怎么对得起丞相？只是现在人困马乏，已经不能再打了。"高翔说："二位将军听我说，现在魏兵人数众多，我军又刚刚吃了败仗，硬拼是不行的。依我看，现在好好休息，今天夜里偷偷地开到街亭，袭击魏兵，可以夺回街亭！"魏延、王平二人觉得很有道理，便传令："全体兵马就地休息，埋锅造饭，初更（chū gēng 为晚七时至九时）之后，偷袭街亭！"

入夜以后，魏延、高翔、王平三支兵马分三路前进，魏延兵马最先到达，只见街亭寨中空无一人，魏延不敢轻举妄动，静等高翔来到。过了一会儿，高翔兵到，也说不知魏兵跑到哪里去了，怕有埋伏。二人正在商量，忽听得魏兵寨中一声炮响，火把齐明，魏兵一齐冲出，魏延、高翔两支人马措手不及，被困在魏军之中。申耽在马上高叫："你们中了我们司马都督的妙计了，快快下马受死吧！"魏延、高翔无心恋战，只得率兵撤退，幸好王平的军马来得迟，从外围杀进来，三人再次合兵一处，冲出重

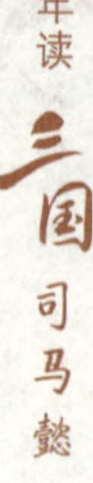

围赶奔列柳城而去。

曹真、郭淮得到司马懿通知，叫他俩据守郿城，防止诸葛亮偷袭，可是接连多少天，不见有蜀兵来到。曹真与郭淮商量这件事，曹真说："我这次领兵抗蜀，不幸连败几仗。现在司马懿让我据守郿城，是不是怕我能力不行，不让我出战？"郭淮说："司马懿深通兵法，让我们守郿城，也有道理。只是我们在此坚守，他却连出奇兵，在街亭打了几个胜仗，街亭重地已被司马懿占据。这抗蜀的头功已被司马懿夺了过去，我们再坐守下去，已经没有多大意义，倒显得我们无能了。"

郭淮说："依我看，现在诸葛亮失了街亭，已经没有能力再出兵攻打我郿城，我们正好乘机进兵，必定会取得胜利。街亭已为司马都督取得，我军就发兵攻取列柳城，端了蜀兵的一个据点，也是大功一件！"曹真大喜道："有理，有理，我立即发兵前去！"

郭淮拦住曹真，"不劳您亲自出马，您镇守郿城，我率兵前去，保管马到成功！"曹真想想也好，让郭淮去，胜利是肯定的。自己如果这时去了，见了司马懿也怪不好意思的，便让郭淮率领两万人马前去夺取列柳城。

郭淮点齐人马，大开城门，火速向列柳城进发。刚到列柳城下，正巧碰到魏延、高翔、王平三人偷袭街亭不成，兵败而归，两军在列柳城外遭遇，大杀一场。郭淮的军队前一段时间连吃了几次败仗，窝了一肚子气，现在休息了许多时间，一个个精力充沛，人人争先；蜀兵刚刚在街亭失利逃回，哪里是魏兵的对手，被杀得人仰马翻。魏延担心阳平关的安危，连忙与王平、高翔商量，冲出重围，退守阳平关去了。

蜀兵仓皇逃走，郭淮大获全胜，部下要继续追击，郭淮说：

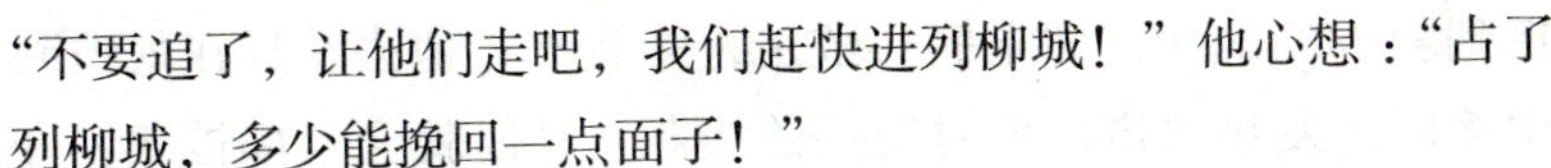

“不要追了，让他们走吧，我们赶快进列柳城！”他心想：“占了列柳城，多少能挽回一点面子！”

郭淮领兵来到列柳城下，命部下叫门：“城中蜀兵听着，你们的大将魏延、王平、高翔已被我们杀败，逃命去了，你们快快开城投降，饶你们不死！”正在叫喊，只听城内一声炮响，旗帜竖起，当中一面大旗，上写着：“平西大都督司马懿”。只见司马懿倚在城楼上高声大笑，喊道：“郭淮兄，你姗姗来迟，我早已取下这座城池了！”郭淮大吃一惊，失声道：“司马懿神机妙算，我不如他！”

司马懿命军士放下吊桥，迎接郭淮进城，两人互相行了礼，坐下商量军机。司马懿说：“现在街亭已为我军夺取，诸葛亮肯定会败逃回去，你与曹真大都督立即发兵去追赶！”郭淮心想：“抗蜀的大功被司马懿夺去，现在诸葛亮兵败，乘机追赶，说不定能再建一次大功。”于是，郭淮便告别司马懿，出城会同曹真发兵追赶蜀国败兵去了。

郭淮走后，张郃问道：“蜀兵败去，您为什么不早派兵去追，却让郭淮去追？”司马懿笑道：“曹真、郭淮怕我夺了全部功劳，所以发兵来攻列柳城，我并不是想独占全部功劳，只是碰巧让我快了一步而已。我料定魏延、王平、马谡、高翔等人现在肯定已经退守阳平关去了，我要立即去追的话，诸葛亮必定会抄我的后路攻击我，我就吃了大亏。兵法道‘穷寇莫追’，现在，我让曹真、郭淮去追，成功了，让他建功一次，不成功，我在后面补救，万无一失。这叫‘螳螂捕蝉，黄雀在后’（出自《庄子·山木》。讽刺了那些只顾眼前利益，不顾身后祸患的人；对鼠目寸光、利令智昏、不顾后患的这类人提出警告），黄雀后面，又有人在埋伏着，层层防守，才能立于不败之地呀。现在，你领一支军马，走小路，堵住从箕谷退出来的蜀兵；我自己引一支军马挡住到斜谷的蜀兵，如果蜀兵败走，你我都让他去，只在他退到中途时，发兵攻击，那时蜀兵的粮草、马匹就会全部被我们夺取！”张郃领了一半军马去了。司马懿又下令：“全军集合，从斜谷小路出发，直奔西城。攻下西城，就占领了诸葛亮的粮草库，被蜀军占领的南安、天水、安定三处将会失而复得！”军令传下，留申耽、申仪守住列柳城，其余大军火速向西城行进！

老谋深算，无奈诸葛更胜一筹

诸葛亮自派马谡、王平固守街亭之后，自己坐在中军帐中，总觉得心神不宁。忽报：大将王平派人送街亭布防图来到！诸葛亮传令："立即传入！"

不一会儿，军士送上王平绘制的图本，诸葛亮在桌上翻看，尚未看完，大惊失色，连连拍桌子，大声叫苦说："马谡无知，坑害我数万大军！"左右人不明白，问："丞相怎么这样紧张？"诸葛亮一手拿着图本，一手指着图案，皱着眉头说："街亭只是一条道路，两侧山势险要，只要在道路正中扎下人马，一万兵可挡十万兵，魏军就无法通过。现在，马谡跑到山上去安营，如果魏兵一拥而到，四面困住山头，断绝我军取水的道路，不到两天，我军就乱成一团；再说，如果敌人用火攻，山上无水，我军不被活活烧死了吗？如果街亭丢失，我几十万大军断了粮草通道，连想回来的道路也没有了。这个马谡，实在糊涂！"

长史杨仪这时对诸葛亮说："看来现在事情很紧急了，一刻也不能耽误，我愿意去代马谡守街亭，怎么样？"诸葛亮便交代杨仪，怎么安营、怎么扎寨、怎么应敌……正在商量，忽报："司马懿已占领街亭、列柳二处！"诸葛亮放下图本，长叹一声："大势已去！先是孟达起义失败，现在又是马谡丢了街亭，这次进兵中原，前功尽弃！"他立即喊来大将关兴、张苞、姜维、马岱等人，一一吩咐，如何如何行动，准备撤兵回川。

各路大将领兵去后，诸葛亮所在的西城只剩五千人马，又分出一半人去搬运粮草，自己也命军士打点行装准备撤退。忽然，一连十几次飞马报告："司马懿率十五万大军，往西城蜂拥而来！"诸葛亮连忙登城一看，只见远处五到十里的北方尘土飞扬，足有十几万大兵在行进，心中大惊，想道："看来，这次只怕要冒一次险了！"

司马懿从列柳城动身时，给全体将士下了这么一道将令："这次行动，攻击的目标是西城。西城是诸葛亮存放粮草的地方，又是南安、天水、安定三处的第一道关口。攻占了西城，夺得了蜀兵的粮草，蜀兵便不战自败，又可一举收复被诸葛亮占领的南安、天水、安定三处城池，因此要以迅雷不及掩耳之势，乘胜前进。但是，诸葛亮不同一般的人，他很会用兵，凡是险要的道口，要仔细探明有没有埋伏才能前进；凡是情形可疑的地方，都不要轻易进入，等弄清情况才能前进……"众军士遵照司马懿的将令，谨慎前进。

这天早晨，红日高照，天气晴朗。司马懿大军的前哨很快便到了西城城下。前军将领来到城前，只见西城城门大开，从城门洞往里看去，街上有人在洒水扫地，也有三三两两的老百姓在时不时地走动，城墙上稀稀拉拉地插着几面旗帜，也看不到守城的军队。前军将领恰好是个经常跟司马懿出征的将军，熟悉司马

懿的性格，平时也非常谨慎，这时见城门大开，反而怀疑这里面有什么名堂。他命令自己的兵马原地停下，派一个口齿伶俐的小将，火速奔到中军，将所见到的情况向司马懿报告，请示司马懿该怎么办。

司马懿正在中军催促人马快速前进，忽听前军将领来报告敌情："报告大都督，大军前头部队已经到达西城，只见西城城门大开，不见军队驻守，却见诸葛亮在城楼上弹琴作乐。因怕中了他的奸计，所以前军已停在西城城下。特来请示大都督，请大都督传令，是攻城还是不攻？"司马懿一听小将的报告，转念一想："诸葛亮又在作什么怪？待我亲自去看看！"司马懿传令："全体将士原地休息，没有命令，任何人不准随便行动，即使是蜀兵杀来，也要听我的号令行事！敢轻举妄动者，斩！"

司马懿带上跟在自己身边的儿子司马师、司马昭，纵马来到西城城前，远远看去，果然城门大开，门口有一二十名士兵在扫地，不疾不徐地把垃圾、马粪装上垃圾车运走；从城门向里看去，街上也是静悄悄的。而诸葛亮却坐在城楼最高处，点着线香，正在弹琴。左右两名童子站着，一名童子捧着拂尘，一名童子捧着诸葛亮常年不离手的鹅毛扇子；诸葛亮却一身便装，潇潇洒洒地弹琴，似乎面带微笑，不慌不忙。看到这里，司马懿疑心大起，不由得沉思起来。这时候，司马昭说："父亲大人，诸葛亮身边似乎没多少军队了，我们不如冲进城去，把他活捉了！"司马懿摇摇手，"先别急，让我再看看！"司马懿再走近城池一点，听听诸葛亮的琴声，琴声悠扬，叮叮咚咚，正在弹奏古曲《高山流水》，只觉音韵优雅，丝毫不乱。司马懿心中一动，"如果诸葛亮身边没了军队，必定心中恐慌，心中一慌，琴声必定不稳，现在听他的琴声不急不躁，一定是有埋伏在城中！"司马懿又仔细看看城门口扫垃圾的士兵。这些士兵默不作声，埋头扫

地，正好有几名士兵抬着马粪来倒，只见倒出来的马粪似乎还有热气。司马懿更加怀疑城中有埋伏。为了进一步证实，司马懿又到其他几个城门看了看，果然四个城门情况一样。司马懿冷静地想道："我这次出兵大获全胜，第一是因为除了孟达，挫了蜀兵的锐气；第二是占了街亭，断了蜀兵的归路。但蜀兵的实力并没有受到多少损伤，他几十万人马都还在，诸葛亮肯定有什么诡计。再说，诸葛亮用兵，从来不肯冒险，不管大小战役总是考虑得十分周到了才肯行动，现在绝对不会手中没有军队而跟我玩空城计（三十六计之一，意指虚虚实实，兵无常势。虚而示虚的疑兵之计，是一种疑中生疑的心理战，多用于己弱而敌强的情况）。假如他在城内埋伏了精兵，又在城外埋伏了援兵，我一旦进城，两军混战，首尾受敌，对我将是大为不利……"想着想着，他转回身对大儿子司马师说道："火速传令，叫大军后队变前队，撤！"司马师不解地问道："父亲，现在是大好时机，诸葛亮一定是城中没有军队了，才故意虚张声势来吓唬我们。我们一鼓作气冲进去，捉了诸葛亮，不是一件天大的功劳！再说，即使城中有埋伏，我们现有大兵十五万，怕他什么！"司马懿直摇头："你们不懂诸葛亮这个人，他从不冒险，更不会干这样的傻事，快传令，撤退！"

于是，司马师传父亲的将令，两路军马，后队变前队，按原来前进的路线，向后撤回！

司马懿和司马师、司马昭沿武功山小路撤退，没走多久，忽听得山坡后杀声连天，战鼓雷鸣，山上树林中飘出一面大旗："右护卫使虎翼将军张苞。"司马懿对两个儿子说："你们看，这不是诸葛亮的埋伏吗？我们若不是退得及时，这时正好被他阻住后路了！"传令全军，加速后退。没走到多远，忽听得侧面山谷中又是喊声连天，号炮震耳欲聋，山谷中又飘出一面大旗："左护卫使龙骧将军关兴。”司马懿更觉得撤得有理，连忙传令："全军火速退守街亭，不要让蜀兵占了街亭！”

郭淮在列柳城告辞了司马懿后，立即和曹真联系，分头去追赶逃跑的蜀兵。曹真从郿城出发，走到一处山谷，事先埋伏在这里的姜维、马岱冲出，先锋陈造为马岱所杀。曹真无力战胜蜀兵，只得退回。蜀兵也不追赶，连夜奔回汉中。郭淮领一支兵马从箕谷道来追蜀兵，也被事先埋伏在这里的赵云大杀一场，损失了一员先锋苏颙（yóng）。这时，郭淮和曹真才明白古人说的“归师莫掩，穷寇莫追”的道理，只有司马懿的军队没受损失。

两天后，蜀兵全部退走。司马懿再到西城，找来当地居民一问，才知道当时果然是一座空城。诸葛亮从不冒险，却在万般无奈时冒了个大险。司马懿苦笑道："诸葛亮这个人真叫人捉摸不透，我怕是斗不过他！”

远见卓识，深知诸葛用兵之法

诸葛亮第一次进攻中原败回汉中以后，认真总结了这次失败的教训。他认为：马谡失守街亭是这次失败的主要原因。所以，用兵打仗，不在兵员数量的多寡，而主要是看将帅的才能。如果自己不用马谡，就不会出现这样前功尽弃的失败结果。得出这样一个结论后，诸葛亮便在蜀中加强对军队将领的训练，等待时机成熟后，再进攻中原。

蜀国的准备情况，早被魏国侦探摸得清清楚楚，并一一向魏主曹叡做了报告。曹叡觉得蜀国是当前的头号敌人，一定要想办法消灭了蜀国后，才能过安稳日子，便传诏请司马懿上朝，讨论如何收复西川。司马懿听了曹叡的话，对曹叡说道：“皇上，依我的看法，目前攻蜀还不是时候。现在正是盛夏，天气炎热，西川是个大盆地，地势低，气候湿热，蜀兵不会出来攻我们的；如果我军进入蜀地发动进攻，对方只要在险要的地方驻守少量军队，我们便攻不下来，所以目前不能进攻。”

曹叡问："如果蜀兵反过来进攻我们，那怎么办呢？"司马懿笑笑道："天气一转凉，诸葛亮势必又要准备进攻我们。这一次诸葛亮进攻中原，肯定会学习当年刘邦的计策，表面上修复栈道（在悬崖绝壁上凿孔支架木桩，铺上木板而形成的窄路），看起来要从剑阁的栈道上进兵，实际上却从陈仓进兵，攻我中原。现在只需要一员大将守住陈仓，便可以阻住蜀兵的进攻。"曹叡问道："你看，现在有哪员大将能担当起守陈仓、阻蜀兵的重任呢？"司马懿说："目前有一个现成的人，这个人姓郝名昭，字伯道，精通战略战术，善于用兵。派郝昭在陈仓修筑城池，完全可以抵挡诸葛亮的进攻。"曹叡问："郝昭现在何处？"司马懿答："现在是杂号将军，镇守河西。"曹叡立即下诏，封郝昭为镇西将军，命令他把守陈仓道口。

当年秋天，诸葛亮果然又发兵三十万，出陈仓道口，进攻中原。司马懿早已探明了蜀军的行动，立即奏报魏主曹叡，曹叡大会文武百官，商量怎样再次打退蜀兵。大将军曹真自告奋勇，愿领兵抗蜀。曹真又保举大将王双做先锋，曹叡一一同意。曹真带着副手郭淮、大将张郃，命王双为先锋，率十五万大军，分头守住各路关卡。

诸葛亮大军果然如司马懿断定的那样，来到陈仓道口，见陈仓道口已经由魏将筑城守卫，便决定攻下陈仓，再占据街亭，由此进兵中原。诸葛亮认为：大军行动，必须有粮草保证供应，如果粮路不能畅通无阻，胜利的希望就丢掉一半。所以，诸葛亮要千方百计地保证运粮道路畅通，这也是司马懿掌握诸葛亮用兵特点的主要根据。

现在，魏国在诸葛亮进军的必经之路陈仓道口筑起了一座城池，不攻破此城，军队就不能前进，诸葛亮把这个任务交给魏延。魏延连攻了好几天，也没攻下城来。诸葛亮又派郝昭的同乡

好友靳祥进城去劝郝昭投降。郝昭不但不投降，还把他一顿臭骂赶出城外。诸葛亮气得大发雷霆，命令："不等他救兵来到，给我全速攻城，竖起一百架云梯，每个云梯上站十人，云梯周围用木板护起，听军中鼓响，一起攻城！"

郝昭在城中也做了全面动员，要求全体守城军士誓死不让蜀兵进城。郝昭看见蜀兵正在组装云梯，命令三千士兵，每人手拿火箭，靠在城墙垛后面，蜀军的云梯一靠近城墙，就用火箭射击。结果攻城士兵大多被烧死，云梯也被烧毁。诸葛亮又改用"冲车"，同样不行；又从地底下挖地道，郝昭也在城内挖了一圈地道，放水淹去，蜀兵仍然进不了城。一连二十多天，蜀兵就是进不了城，气得诸葛亮无可奈何。没过多久，曹真派出的先锋将军王双又带领两万人马来到，在陈仓城外驻扎，蜀兵更加无力突破魏兵防线。

曹真领兵出征后，司马懿对魏主曹叡说："皇上，当年我料定诸葛亮这次出兵，肯定要从陈仓进兵，所以我留下郝昭守住陈仓，还将如何与诸葛亮打仗的计策告诉他，只要郝昭照计行事，一定会挡住蜀兵的，现在果然不错。诸葛亮用兵极其稳妥，总要考虑好运送粮草的道路。从陈仓到街亭，这是一条大路，运送粮草非常方便，其他小路，搬运粮草艰难。现在，郝昭、王双二人守住陈仓，诸葛亮无法从这条路运粮，大兵也不敢贸然前进，我算定了蜀兵粮草顶多只够一个月的用度。皇上您可以传诏令曹真不要出战，只是坚守，不足一个月，蜀兵必定要退走，那时乘机追击，一定会大获全胜！"

曹叡听了司马懿的一番分析，非常高兴，说："你既然这样了解蜀兵，就请你再领一支兵马，乘机攻击蜀兵，不好吗？"司马懿说："我并不是偷懒，而是留下自己在这里，防备东吴的陆逊。据我派出的探子报告，孙权不久就要正式称帝，那时肯定要

先攻我们，我必须做好反击东吴的准备。”

二人正在商量这些事情，忽听有人来报：“大将军曹真派人送来前线战报。”司马懿说：“正好，皇上您正好告诉曹真不要与蜀兵交战，只是坚守不出，等蜀兵后撤时，才可追击。追击蜀兵时，一定要弄清楚有没有埋伏，千万不可粗心大意，免得中了诸葛亮的诡计。”曹叡立即命令太常卿韩暨捧自己的诏书去告诫曹真。韩暨临走时，司马懿追出城外，对韩暨说：“把这一次击退蜀军的功劳让给曹真，你见到曹真时，只说是天子命令他不要出战，千万别说是我对皇上说的。追赶蜀兵的人，一定要谨慎、仔细，性情急躁的人不能去！”

曹真在前方军中和郭淮、孙礼等人正在讨论怎样进兵和诸葛亮决战，忽报天子派使者到。曹真接了诏书，原来是命令自己只守不战，专等蜀军粮尽退兵时再追赶。郭淮笑着说：“出这个计策的人，一定是司马懿！”曹真说：“你怎么能断定是司马懿呢？”郭淮说：“这个计策，完全把握了诸葛亮用兵的特点，也掌握住了诸葛亮的弱点。我国满朝文武中，只怕没有第二个人能有这样高明的见解了。”曹真听了，也禁不住点头，佩服司马懿的机智和聪明，但又问道：“如果蜀兵坚持不退，我们守到哪一天才能成功呢？”郭淮想了想说：“既然我们从司马懿这里学到了一点东西，为什么不也来模仿一下呢？我们一面命先锋王双在各个小路路口加强巡哨，阻住蜀兵通过小路运粮，同时派出部分军队押运车队，车中放着硫黄、干柴，外面装成运粮车，蜀兵粮食短缺，肯定要来抢。等蜀军抢粮车时，我们从中放火，里应外合，可打一场胜仗，逼诸葛亮退兵。”于是，魏兵便按这个计划行事。

哪知道郭淮的计策早被诸葛亮识破，诸葛亮将计就计，不去抢粮车，却老远对粮车放火。曹真部将孙礼、张虎等人认为是蜀

兵中计，立即出动，偷袭蜀兵大营，却被诸葛亮事先埋伏的五万军队杀得落花流水。曹真后悔莫及，只得传令各路军马坚守本寨，一律不得出战。

曹真无缘无故吃了败仗，心里很不高兴，天天在大营中闷坐。外面军士报告：“左将军张郃领兵来到！”曹真请张郃进帐中坐下后问道：“你来的时候，有没有见过司马懿？”张郃说：“我临走时，司马将军说：‘如果这几天我军打了胜仗，蜀兵一定还没走；如果我军打了败仗，蜀军一定已退回去了。’我军失败后不知是否去探查过？”曹真不相信，问道：“为什么我军败了，诸葛亮反而要退？”张郃说道：“司马将军说，蜀兵粮草短缺，必须速战速决。如果我军胜利，他们不敢走，怕我们追赶；如果我军失败，蜀军知道我军不敢再出来，可以放心地撤走。”曹真听罢，茅塞顿开，立即前往探视，果然，蜀兵已经走了两三天了。曹真一面佩服司马懿的神机妙算，一面又后悔不及。

拜受大都督，蜀军无功而返

公元 222 年，东吴孙权正式称帝，建立了吴国。西蜀诸葛亮写信祝贺，送了许多金银宝贝，并约吴国同时发兵攻魏。诸葛亮的意图是，只要吴国一发兵，魏国必定要派司马懿去防守，蜀国可以乘机进攻；没有司马懿与蜀国作对，仗就好打得多了。吴国陆逊也知道诸葛亮是想利用自己来牵制魏国，便口头答应，做出一副马上就要进攻的样子，实际上是试探蜀国的动静。如果蜀国进攻胜利，魏国内部混乱，吴国就乘机攻魏；如果蜀国进攻不顺利，吴国也就按兵不动。诸葛亮见吴国答应发兵，自己立即行动，点起三十万大军，突然袭击，一举攻克了陈仓。陈仓守将郝昭正在生病，听说蜀兵攻破了城池，受惊而死。诸葛亮又派魏延等人一鼓作气攻下散关（川、陕两省交界处的交通要道）。诸葛亮大军再由陈仓通过斜谷道，占领了建威，大军再到祁山扎寨。魏国边关守将郭淮、孙礼等飞速报告魏主曹叡。

这天，曹叡上朝，大会文武百官，商量国事。大臣奏道：

"郭淮送来紧急军情，陈仓城已被蜀国攻取，守将郝昭已死；散关、建威等地被蜀军占领，诸葛亮三十万大军又在祁山之前下寨！"曹叡大吃一惊，正想发话，满宠从旁边走出，向曹叡奏道："东吴孙权已正式称帝，建立吴国，并且与蜀国建立了盟国关系；又令大将陆逊在武昌日夜训练水陆大军，准备向我魏国进兵！"当时，防守西蜀的主将曹真病重在家。曹叡一听两处发兵，一时间慌了手脚，不知如何是好，火速派人请来了司马懿，问司马懿应该怎么办才好。

司马懿对曹叡说道："蜀、吴两国的行动，我都非常清楚，依我看来，我们现在只要防蜀，不需防吴！"曹叡问道："这话怎么说？"司马懿说："蜀国先主刘备实际上死在孙权手里；关云长、张飞也是死在吴国手里。诸葛亮无时无刻不想吞并吴国，只是不敢，他怕我们在他进攻吴国时，乘势进攻西川，所以表面上和吴结盟，利用吴国的力量牵制我们。对诸葛亮的心思，陆逊也知道得一清二楚。陆逊与诸葛亮结盟，也是想利用诸葛亮牵制我国，保得他自己的平安。所以，陆逊表面上答应诸葛亮，加紧练兵，实际上是要坐山观虎斗。如果蜀国大胜，吴国必定会乘机进兵攻我后方；如果蜀国兵败，吴国必定会按兵不动。因此，我们只要全力以赴打败蜀国，吴国自然就不会出兵了。这就是我说的只要防蜀、不要防吴的根据。"

听了司马懿的一番分析，曹叡放了心，马上封司马懿为大都督，统帅陇西各路军马，领兵抗蜀，并准备传诏让曹真把总兵大印送来。司马懿说："皇上，曹真都督长年镇守边疆，功劳很大，不可让他交军印。请让我亲自登门，向大都督说明情况，讨回总兵印。"曹叡点头表示同意。

司马懿在前往曹真家的途中考虑起来："从曹操到曹丕，都对我不放心，现在曹叡依靠我，是想用我保国。不知曹真对我怎么样，我正好乘这个机会试探一下曹真对我的态度！”

司马懿来到曹真府门前，对守门的家将说道：“请转告曹大都督，说司马懿来探望他！”守门人进去后，不一会儿急匆匆地走出来，对司马懿弯腰施礼道：“大都督请您立即进府！”司马懿整整衣衫，正正帽子，恭恭敬敬地跟随守门人来到曹真的卧室里。两人见面，司马懿详细地问了曹真的病情，然后说：“大都督可知道，蜀、吴两国会合兴兵，攻我中原；诸葛亮已经夺了陈仓，占了散关，现大兵三十万，又到祁山扎寨了！”曹真大吃一惊，问家人：“这样的国家大事，为什么不告诉我？”家人说：“我们看您病得不轻，皇上又打招呼让您好好养病，所以没敢惊动您。”曹真转向司马懿说道：“也罢，我已经不中用了，国家这么危急，为什么不请您统兵抗敌呢？”司马懿谦虚地说道：“我才疏学浅，能力微薄，独立抗蜀，怕不是诸葛亮的对手。如果您为主将的话，我愿意当您的助手，共同抗蜀！”曹真说道：“我用兵多年，打了一辈子仗，谁有统兵的才能，我一眼就能看出来。当今天下，能挡住诸葛亮的人，除了您司马懿以外，没有第二个人了！取总兵印来！”家人从橱子里取出总兵印，交给曹真。曹真双手举印，要交给司马懿，司马懿反复谢绝，不肯接受。这时，曹真一掀被单，从床上跳下来，喊道：“取我的衣服来，我要立即面见皇上，向皇上保举司马将军领兵抗蜀！”

到这个时候，司马懿知道曹真是真心真意地信任自己了，便说道：“大都督，说实在话，皇上已经命令我率兵出征，我只是担心自己能力不足，所以想请您为主帅，我来辅助您去抗敌！”曹真高兴地说道：“既然皇上也这么办，说明我看得不错，您完全可以担当起抗蜀的重任，我也就放心了，请您接印！”司马懿又推让了一下，这才接过军印，告辞出府，领兵出发。

司马懿大兵来到长安城中，召来大将张郃、郭淮、孙礼等人

议事，张郃报告了近几天的军情。司马懿命令张郃为先锋大将，命戴陵为副将，领兵十万，直抵祁山，在渭水南岸扎寨，与蜀兵对抗。张郃、戴陵领兵出去后，司马懿又问郭淮、孙礼："你们可与蜀兵正式交锋过？"两人答道："没有。"司马懿说："蜀兵千里迢迢而来，非速战速决不可，现在却住下来不进不退，这里面大有文章。陇西一带，有没有消息？"郭淮说："陇西各路守军日夜用心提防，没有战事，只有武都、阴平二处尚无消息。"司马懿思考一下，说道："大概是这样的！"他对郭淮、孙礼二人说："诸葛亮祁山按兵不动，陇西各路都没事，一定是派人偷袭武都、阴平两处，所以这两处消息被阻断了。你俩速领五千精兵，走陇西小路，救援武都、阴平二处，正好从蜀军的背后攻他！这边由我领兵和蜀军交战，稳住他们！"

郭淮、孙礼行军途中议论起这次战事来，郭淮问孙礼："你看司马懿和诸葛亮比较起来，哪个更有才学？"孙礼说："司马懿还是比不上诸葛亮的！"郭淮说："司马懿虽然差一些，但看司马懿今天的计谋，也还是了不起的。如果诸葛亮真的正在攻武都、阴平的话，你我抄他的后路，前后夹攻，蜀兵一定会吃个大败仗！"二人正在议论，忽然前军探路的报告说："阴平、武都二城已经被蜀将姜维、王平占领，现在前面已离蜀军营寨不远！"孙礼听报，吃了一惊，说："蜀兵既然攻下了城，却又把兵马放在城外，干什么？恐怕有计，我看还是快快退回为妙！"郭淮连声称是，立即传令大军快退！可是已经来不及了，蜀兵从四面八方涌来，诸葛亮在军中哈哈大笑，指挥大军把郭淮、孙礼五千士兵困在当中，郭、孙二人奋力苦战，好不容易才保住一条性命。

郭淮、孙礼二人兵败逃回，报告说："武都、阴平二城已失，我们被埋伏在山路的蜀兵大杀一阵，寡不敌众，失败而回，请都督治罪！”司马懿说：“这一仗的失败，过错不在你二人，是诸葛亮走在我前头。你二人再领兵去守住雍、郿二城，只可坚守，不可出战，我自有办法破敌！”郭、孙二人领兵去后，司马懿又吩咐张郃、戴陵二人：“现在诸葛亮得了武都、阴平二处，必然要进城安顿百姓，不在大营中。你二人各领一万精兵，今夜抄到蜀兵大营后方，奋力拼杀，我在前方布阵，等蜀营后方大乱时，挥兵猛攻，前后夹击，可大破蜀兵。占领了蜀兵扎营的山头，就能轻而易举打败蜀兵！”张郃、戴陵依计行事，司马懿自己也做好了准备。

入夜，张郃、戴陵二人各从小路进兵，三更天时，快到蜀营，忽见路中堆着数十辆装满柴草的大车，知道不妙，马上准备撤退，还未走动，四面山头火光冲天，诸葛亮大军又将张郃、戴陵四面围住。张、戴二人奋力拼杀，损失了大半人马，才逃回魏军大营。司马懿见张郃、戴陵二人狼狈逃回，知道又被诸葛亮抢了先，自己又吃了败仗，不得不佩服诸葛亮的先见之明。他最后决定，还是用老办法，避开蜀军的锐气，坚守不出，等蜀兵粮草供应不上时，自然会退回，便传令：“各路大军，退回本寨，一律不准交战！”

相持一段时间后，蜀兵到底因为后方粮草供应不及撤回大军，被蜀兵占领的几座城池又回到了魏国手中。司马懿也率领大军回朝。另一方面，吴国正如司马懿预料的那样，见蜀国撤兵，他们根本就没发兵。

大局为重，不以赌赛为念

公元 230 年秋天，曹真身体复原，立即向魏主曹叡上了一道奏章。奏章说："多年来，蜀国三番五次侵犯我国，给我们造成很大的损失，如果不消灭蜀国，我国就永远没有安宁的时候。目前，正好天气凉爽，加上我国连年丰收，粮草丰富，兵强马壮，是讨伐蜀国的大好时机。我愿意和司马懿共同率领大兵，讨伐蜀国。"曹叡很高兴，问侍中刘晔说："曹真上表，要讨伐蜀国，你看是否可行？"刘晔答道："曹真大都督赤胆忠心，善于用兵，及时攻蜀，消灭后患，非常正确。再有司马懿一同出征，一定会马到成功，请您不要犹豫，立即下诏吧！"曹叡连连点头，"司马懿正在边疆视察，这几天就要回来了，等司马懿一回都城，立即请他来见我。"

没过多久，司马懿视察边疆军务回到都城，曹叡召见司马懿说："曹真上表，主张攻伐蜀国。我担心吴国会乘机发兵，所以暂时没有同意，不知你的意见怎么样？"司马懿回答道："曹真考虑得非常正确，我也正想提这个建议！据我看来，诸葛亮三出祁山，未得半点好处，肯定会再出兵进攻我国。我们不能老是被动挨打，应该主动出击。再说，吴国一直是抱观望态度的，他们绝不会轻易出兵，乘此机会除掉蜀国，是大好时机！”曹叡见司马懿也是这个态度，下定了攻蜀的决心，立即下诏：封曹真为征西大都督，司马懿为征西副都督，刘晔为军师，领四十万大军，即日起兵伐蜀。曹真一面传令陇西各路军马收拾起程，一面和司马懿、刘晔共同前进，大军经过长安，直指剑阁道。第一战的目标是拿下剑阁，好进取汉中城。

诸葛亮自从回到汉中以后，日夜训练士兵，准备再攻中原。忽报：“魏国派曹真、司马懿、刘晔等人率大军四十万，进攻我国，准备从陈仓奔剑阁，现在前锋部队已接近陈仓！”诸葛亮笑道：“我正要讨伐中原，他倒先来了，来得好！”随即传令各路，认真防范，只等魏兵进攻失利，撤兵回国时，再发兵追赶，趁势攻魏。

曹真与司马懿大军一路进发，不多久便到达了陈仓城，进城一看，陈仓城内，一片废墟，不见一间房屋。原来是诸葛亮上次退兵时，拆毁了城墙，烧尽了房屋，城内一片荒芜。曹真看到眼前这个荒凉的景象，非常气愤，立即要传令前进。司马懿止住曹真说道：“且慢，我昨天夜里观察星象，最近将有一场连阴雨。这时候前进，如果攻占了剑阁，还好说一点；假如在我们占领剑阁之前，大雨下起来，那时进不能进，退不能退，人马都要受苦。现在还是暂且在城中搭起行军帐篷，等阴雨天结束后，再行军打仗。”曹真也是个比较懂得天文地理的人，立即点头同意，传令：“修起陈仓旧城墙，城内搭起帐篷，大军驻扎城中等候命令。”

果然，没过几天便下起了大雨，而且一下就是一个多月，淋漓不止，兵器都生了锈；士兵们成天湿漉漉的，连觉都睡不好，马也没有好草料吃，军队里人心惶惶。有些人已经唉声叹气，产生了厌烦情绪。

这一天，曹真请司马懿到大寨中商量对策。曹真说："大雨接连下了一个月，军士们都不愿意再住下去了，你看怎么办才好？"司马懿说："连阴了一个多月，士兵们不少人生了病，现在即使马上天晴，也不能打仗。如果蜀兵乘机来攻，我们反而要吃亏，不如撤兵回国去。"曹真说："我也是这么想，但怕蜀兵追来，怎么办？"司马懿说："不要紧，我一直留心这一点，早已准备好了两支人马，他们一直驻在城中最高、最干燥的地方，战斗力较强。我们撤兵时，将这两支人马埋伏在后面，蜀兵追来，正好中了我的埋伏计策！"二人正在商量，忽报："魏主派使节来到。"原来魏主曹叡传诏，令曹真退兵。曹真立即传令："大军后队变前队，徐徐地撤回魏国去！"

在这连绵阴雨的日子里，蜀兵住在温暖干燥的城中，非常舒服，休息得非常好。听说魏兵后撤，大将们一致建议乘势追击。诸葛亮却笑着说："你们都不了解司马懿，如果这次是曹真单独统兵，我早发兵追赶去了；而司马懿不一样，他既大胆又细心，精通天文地理，善于行军布阵，撤兵的时候，肯定埋伏了两支精锐兵马在后面，我们如果追去，正好中了他的埋伏。我现在让他远撤，而分兵从斜谷道出发，再到祁山，乘魏兵不提防的时候，突然袭击，进攻魏国！"说完，诸葛亮命令魏延、张嶷（yí）、杜琼、陈式四员大将从箕谷进兵，马岱、王平、张翼、马忠从斜谷进兵，到祁山会师；自己统率十万大军，令关兴、廖化为先锋，随后前进。

曹真、司马懿率军回撤，一路上不断派快马向后探望，看蜀兵追出来没有。一连几天，探马报告，蜀兵没有追来。曹真心想："你司马懿也太小心了，这样谨慎，怎能打仗！"又过了十来天，司马懿埋伏在后面的两支人马也赶上了队伍，报告说："蜀兵没有追出来！"曹真这时候不以为然地说："大雨下了一个多月，我军辛苦，蜀军同样辛苦。再说，蜀国栈道被大雨一冲，必定损坏，蜀军人都出不来，怎知道我们撤兵的事情，难道他们长了翅膀不成？"

司马懿摇摇头："大雨过后，已经一连晴了十几天，蜀兵怎会不知道我们退兵？知道我们退兵，却不追赶，诸葛亮料定我们会有埋伏，所以让我们走。但是，诸葛亮一定会乘我军疲劳的时候发兵进攻我国！他必定会分兵从箕谷（伐鱼河谷道，位于五丈原和马尾河谷之间，谷形如簸箕）、斜谷（山谷名。在陕西省南山。谷有二口，南曰褒，北曰斜，故亦称褒斜谷。全长四百七十里。两旁山势峻险。扼关陕而控川蜀，古来为兵家必争之地）出击，在祁山会合。"曹真觉得司马懿有点夸张，摇头不信。他说："你怎知道诸葛亮一定会再奔祁山？他三次进攻中原，三次都是在祁山安营，这次即使出来，为什么不走别的路线？"司马懿说："祁山离长安很近，前面是渭水河，后面是斜谷道，左右是崇山峻岭，是用兵交战的大好场所。诸葛亮占领祁山，可进可退，所以，他非占祁山不可。要到祁山，一定是从箕谷、斜谷二处进兵。"曹真认为司马懿简直在说神话，心想："你又不是诸葛亮本人，怎么会搞得这么清楚？"脸上露出不相信的神色来。司马懿急了，说："你要是不相信，我们打个赌，我俩各守一个谷口，十天之内，如果蜀兵不出，我脸上涂胭脂、抹红粉，身上穿女人的裙服，到你营中去服罪！"曹真大声说："好！如果十天内，蜀兵果然出现，我将皇上赐给我的玉带一条、御马一匹送给你！"两人各分一半兵马，曹真守斜谷，司马懿守箕谷，安下营帐。

曹真虽然和司马懿打赌，实际上根本不相信蜀兵真的会来，叫士兵们休息。只想过了十天的期限，到时候叫司马懿难堪一下，让司马懿知道，他也有算不准的时候。

不知不觉过了七天，曹真心中暗暗高兴，心想，这次自己是赢定了。这一天，曹真在寨中等候探子的消息。忽报司马懿派心腹亲信来，有秘事相告。曹真叫进这人，这人说："司马将军让我转告曹大都督，请您不要老想着赌赛的事，要小心提防。昨天夜里，司马将军用埋伏计策，已杀了蜀兵四千多人，很可能这边马上就要与蜀兵遭遇！"曹真说："你回去告诉他，我这里连一个敌人的影子都没有。"

刚刚送走司马懿的使者，曹真回到营帐中，不一会儿，忽报："前后营寨起火！"曹真大惊，连忙披挂上马，原来蜀军已大举进攻，魏兵措手不及，四散奔逃。大家保护曹真，往东面撤退，背后蜀兵紧紧追赶。忽然前方又冲出一支军队，曹真心想，这下无路可走了。定神一看，原来是司马懿亲率大军来救，两人兵合一处，大战一场，才算逃脱出来。司马懿说："诸葛亮已经占领了祁山地势，这里不能再守了，我们到渭水旁边安营，再作商量。"曹真羞愧地说："你怎知我吃了败仗，及时赶来营救？"司马懿说："您告诉我的使者，这里一个蜀兵都没有，我知道蜀兵一定已悄悄接近斜谷了，而且肯定会来偷营，所以急忙赶来接应。请您不要再提赌赛的事，大家同心报国！"

曹真到这个时候，才算彻底地信服了司马懿。

斗阵受辱，坚守不出

魏国大都督曹真攻蜀不成，在斜谷被诸葛亮杀得大败，蜀兵反过来进攻魏国。曹真又气又恨，一股闷气堵在心中，加上长年劳累，年岁又大了，竟然一病不起，死在军中。司马懿一面传令守住祁山大营，另一面将曹真遗体用大车装载，送回洛阳，并向曹叡报告了军情。

魏主曹叡见曹真已死，蜀兵又再次侵犯边境，便任命司马懿为都督，独立抗蜀，并且命令司马懿立即和蜀兵决战。司马懿接到皇帝的诏书后，立即派人给诸葛亮送信，约诸葛亮决战。诸葛亮正求之不得，立即批回，同意明天在祁山下交战。

第二天，魏、蜀两国大军在祁山之前相对排开，准备拼杀。司马懿心想："先来说他一顿，压一压诸葛亮的气势！"便纵马从中军奔出，一百多名将军在身后跟随。只见诸葛亮端坐在四轮车上，手摇羽扇。司马懿大声说："我家皇上，天性仁义，容忍

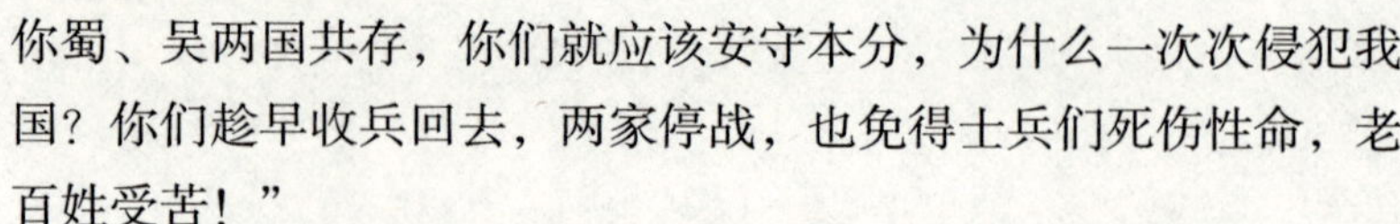

你蜀、吴两国共存，你们就应该安守本分，为什么一次次侵犯我国？你们趁早收兵回去，两家停战，也免得士兵们死伤性命，老百姓受苦！”

诸葛亮笑道：“司马懿！你家祖辈都是汉朝的王公大臣，你为什么要帮助逆贼（指叛逆者）篡国叛逆？你还有没有羞耻心？”司马懿说：“诸葛亮，不要耍嘴皮子！今天我和你决一死战！你要胜了我，我就不当这个大将军；你要是败了，趁早给我退回老家种田去！”

诸葛亮问：“你既然要和我决战，我问你，你是斗将还是斗兵？”司马懿说：“我今天和你斗斗阵法！”诸葛亮说：“好，你先布个阵给我看！”司马懿走回中军，手执黄旗前后摇动，左右军马走动，排成一阵。他再上马冲出阵前，说道：“你识得我的阵图吗？”诸葛亮说：“你这是混元一气阵，对不对？”司马懿说：“不错，你果然有两下子，请你布阵给我看！”诸葛亮入阵，把羽扇摇动，军中号令发出，不多久便布成一个“八卦阵”。司马懿说：“这叫八卦阵，有什么了不起！”诸葛亮问：“既然认得，敢不敢打？”司马懿说：“有什么不敢？你等着！”

司马懿和诸葛亮各自回到自己的队伍中。司马懿传令，叫戴陵、张虎、乐綝三名将军听令。司马懿说：“诸葛亮布的这个阵，叫作‘八卦阵’，有八个门，分别为休、生、伤、杜、景、死、惊、开，你三人可从正东生门杀进，从西南方休门杀出，再从正北开门杀入，这个阵就破了！进阵之后，千万看清方位，小心在意，不要被阵中的变化所迷惑！”于是，戴陵在中，张虎在前，乐綝在后，各率三十骑兵，从生门杀进。起初，三人小心分辨方向，按司马懿交代的方位前进，走了一会儿，只见阵中道路纵横，到处像城墙一样，并且都是一模一样的，再走了一会儿，便迷失了方向。三人跌跌撞撞，向南方冲杀，可是越忙越乱，完全搞错了方向。最后，九十人一起被蜀军生擒活捉，绑到诸葛亮的大营中来。

诸葛亮见九十人全部被捉，心想："正好乘这机会来侮辱他们，激怒司马懿，逼他不顾一切和我交战，我的伏兵就可以发挥作用了！"诸葛亮微笑着用羽扇招了招，士兵把戴陵、张虎、乐綝三人推到前面。诸葛亮说："今天斗阵，捉了你三名小将，不足为奇；我不杀你们，放你们回去见司马懿。你们对他说，叫他好好读三年兵书，再来和我斗阵！"说罢，哈哈大笑，命令左右士兵："把这九十人的衣服全部扒光，兵器、马匹留下，鞋子脱掉，脸上抹上黑墨，赶他们回营！"蜀军士兵忽听丞相这么传令，一个个喜滋滋地上来，脱衣服、扒裤子、涂墨汁，嘻嘻哈哈高兴得不得了，然后，一起呐喊，把九十个人赶出蜀营。这些人狼狈不堪地回到魏军寨中。

司马懿在中军等候破阵，忽然看到从蜀营中走出一大群光着膀子、赤着脚、面孔漆黑一团的人来。起先认为是诸葛亮又在耍什么花招，走近一看，原来是自己派去的将士。霎时间，气得手脚冰凉，浑身发抖，用手指着蜀军寨子，破口大骂："诸葛村夫，欺人太甚，这样的事也做得出来，算什么三军统帅！我不杀你个落花流水，有什么面目回朝见皇上！"立即挥手发令，叫全军一拥而上，要与诸葛亮来个生死相拼！军师刘晔见司马懿几乎失去理智，想上前阻拦，已经来不及了。司马懿拔出腰中宝剑，当空挥舞，大小将官一起呼喊着向蜀军冲出，两军刚刚相会，忽然魏兵后面喊杀声大起。军师刘晔大叫："司马都督，后山有蜀兵埋伏，速速回来！"司马懿正在冲杀，忽听得后山鼓角响起，猛然一惊，知道自己一时不冷静，上了诸葛亮的当，现在已经是前后受敌，形势大为不利！

想到这里，司马懿一面继续拼杀，一面下达命令："大家奋力向东、向北撤出，到渭河南岸扎寨！”魏军见前后受敌，军士已经失去了斗志，一边抵抗，一边向渭水撤退。诸葛亮乘机指挥大军追杀，魏兵死伤过半，大伤元气。

司马懿退到渭水南岸，传令三军安营扎寨，如蜀军来攻，只是坚守，不要出战。司马懿认为，自己斗阵、斗智都比不过诸葛亮，又中了诸葛亮的激将法，竟然不顾一切和他拼命，这就大错特错了。要胜诸葛亮，只有一条，那就是以逸待劳，坚决不出战，等诸葛亮粮草耗尽后，自己撤兵，那时再发兵追击，这才能保证不败！司马懿将自己的想法和策略告诉了大小部将，命令大家只守不战，就在渭河边与蜀兵静静地对抗。

蜀主信谗言，蜀军半途而废

司马懿在渭水南岸扎下兵马，与蜀军对抗，蜀军一时前进不了，但也不退。司马懿没有办法打退蜀军，只好坚持防守，想等战况有了转机后，再发动进攻。

这一天早晨，司马懿正和将士们商量如何退敌，忽然有人报告：“蜀国运粮官苟安率五六名随从来投降！”司马懿一听，皱了皱眉头，对军师刘晔说：“苟安是个什么样的人？”刘晔说：“苟安是永安太守李严的部下，一直担任为前方大军运粮的职责，不知怎么来降我国？”正巧，这时有魏军的探子进来报告：“昨天，苟安押运粮草车到军前，因为在路途上天天喝酒误了期限，比规定的时间晚了十天。诸葛亮要按军法将苟安治罪，是大家求情，才免了苟安的死罪，但还是打了他八十军棍。苟安心中不满，当天半夜带着五六名随从逃跑了。”司马懿听到这里，连连点头，高兴得喜笑颜开，连声说：“我已经有了打退蜀军的办法了！”大家不解，问他有什么办法，司马懿对大家说：“过一会儿，传苟安进来时，只要如此如此，不愁大功不成！”

过了一会儿，苟安和几名随从被带进中军帐，向司马懿行礼。司马懿说：“你是苟安吗？”苟安答：“正是！”司马懿问：“你来干什么？”苟安道：“来投降！”“为什么投降？”苟安答：“我当运粮官，本来是个没人肯干的苦差事。蜀道自古难走，碰上阴雨天，根本不能前进。我耽误了十天，诸葛亮翻脸不认人，要杀我，幸亏大家求情，才同意不杀我，但打了我八十军棍，到现在还疼痛难忍。我一气之下，便来投降。”司马懿忽然把眼睛一瞪，桌子一拍，大声喝道：“给我绑起来，看你前言不对后语的，打了八十军棍，还能连夜骑马赶这么远的路，一定是诸葛亮的诡计。他见没办法胜我，便派你来假投降，好做内应，你当能瞒得住我吗？推出去，斩了！”左右刀斧手答应一声，上前就要绑苟安等几人。苟安和五六名随从一起跪倒磕头，求司马都督饶命，连声说自己确实是恨诸葛亮，愿意来投降效劳。军师刘晔也在旁边说：“大都督，据我看来，他们不像是来假投降。我国是仁义大邦，收留他们也行，谅他们也坏不了我们的大事！”

司马懿这时阴沉的脸色稍微好了一些，对苟安说道：“好，我暂时相信你这一次，不过诸葛亮历来诡计多端，你必须为我办一件事，这件事在你来说是轻而易举就能办到的。你办成了这件事，我一定向皇上保奏，封你为上将！”

苟安回道：“有什么事，您尽管吩咐，我一定尽力效劳！”司马懿说：“现在，诸葛亮领兵侵犯我国，一时不退；我要和他对阵，又要连累士兵们受苦。你先悄悄地回到成都，到处散布谣言，说诸葛亮执掌兵权，瞧不起皇上刘禅，不久就要自立为皇帝。刘禅身边的宦官早就不满意诸葛亮了，听到这个谣言，一定会乘机攻击诸葛亮，刘禅就会传诏命诸葛亮回兵。这件事办成，

你就是打退蜀兵的头等功臣！”

苟安听了司马懿的分析，觉得司马懿对蜀国的情况比自己还清楚，不由得暗暗佩服，连连答应下来，神不知鬼不觉地转回成都。

苟安带了几名心腹随从回到成都，四下里散布谣言，说诸葛亮有篡国的想法，一传十，十传百，消息很快便传到了后主刘禅的耳中。刘禅是个没头脑的人，不找文武大臣商量，却和自己身边的宦官商量怎么办。宦官说：“这些传言，不知真假，皇上可以召唤从前线回来的人问一问就知道了。”刘禅问：“哪个刚从前线回来？”宦官说：“运粮官苟安，刚从前线送粮回来，皇上可叫来一问便知。”刘禅便传诏苟安进宫。

苟安接到诏书，知道自己的谣言已经生效，一面佩服司马懿的先见之明，一面又暗自得意。来到内宫，宦官迎接苟安进见，苟安跪地磕头。刘禅问：“有人传说，诸葛丞相早晚要自立为皇帝，你在前线可听到过什么消息？”苟安又磕了个头，说道：“皇上您如果不问，我不敢说，您既然问了，我就实说了。”刘禅说：“就是要你实说的，你不要怕，仔细地说！”苟安说：“我在前线，听一些将军议论，说皇上您没有本事，只会享乐，让丞相三番五次进攻中原。丞相立了许多功劳，您又不及时封赏（古代帝王把土地、爵位、称号或财务赏赐给臣子），丞相对士兵就像父亲对儿子一样好……”

苟安的一番话，虽然没说诸葛亮的坏话，可这比直说还坏。刘禅立即信以为真，让苟安回去。刘禅问宦官：“诸葛丞相已经变心了，我们应该怎么办？”宦官说：“立即召回诸葛亮，夺去兵权，免得日后生变！”刘禅立即下诏，令诸葛亮接到诏书后，火速回成都。

诏书送到祁山，诸葛亮听了诏书，长叹一声："皇上身边必定有了小人。我正要大举进攻中原，这时回成都，正是半途而废；我若不回去，却又中了小人的谣言，显得我真的不服皇帝了！"于是传令：大军后队变前队，营寨、旗帜原样不动，依原路撤兵！

蜀兵退后多天，司马懿才发觉。司马懿对部将们说："我虽然用计使诸葛亮不得不退兵，可诸葛亮走了这么多天我都不知道，诸葛亮的智慧，确实超过我许多！"

误中疑兵之计，深以为耻

公元 230 年，诸葛亮大军四出祁山，被司马懿用反间计令蜀主刘禅将大军召回。诸葛亮平白无故地失去一次进军中原的机会，但他不愿就此罢休，仍积极筹划。第二年春天，他再领大兵十万,五出祁山，讨伐中原。

蜀军入侵的消息很快便被送到魏国都城洛阳。曹叡心想：现在大将军曹真已死，只有司马懿一人可以抵挡蜀兵的进攻了。于是传诏请司马懿上前殿商议军机大事。司马懿也早知皇上的意图，主动说道："皇上，过去每次抵抗蜀军，总是由曹真为主帅，现在曹真已经去世，我愿意独立承担起这份重任来！"司马懿想："过去曹真为主帅，总是吃败仗，幸亏我及时补救，才勉强保住国土。说是曹真为主，实际上也是我独立支持下来的。现在曹真死了，这副担子毫无疑问地落在我的肩上，我不如主动请求，倒显得我忠心耿耿。再说，我如果不主动担当重任，假如皇帝派一个草包当主帅，最后还是要我来收拾残局。"因此，司马懿不等曹叡开口，便主动提出承担抗蜀大任。曹叡看司马懿这么爽快，非常高兴，说："我请你来，正是这个意思！"便封司马懿为大都督，总领各路兵马。凡是抗击蜀军入侵的一切事情，都由司马懿独立承办，不需向皇帝报告。司马懿大军出发这天，曹叡亲率文武百官，送出城外十里地，为司马懿斟了一杯酒，祝他旗开得胜，马到成功。

司马懿到长安城，召集各路将领，商议抗敌大计。大将张郃说："我愿为先锋，率领一支人马，驻守雍、郿二城，挡住前进的蜀军。您在后路调齐兵马，赶来会战！"大家觉得张郃非常勇敢，而且计划也比较可行。可是司马懿说："和诸葛亮打仗，不能不照章法规矩来，但又不能死守规矩。张郃的计划是传统的打法，诸葛亮却不会照你想的那样做。我根据诸葛亮打仗的一贯规律判断，诸葛亮这次出兵，还要兵临祁山，我们不可分兵。如果兵分两处，容易被诸葛亮各个击破，那时我们首尾不能呼应，必败无疑。我的战略是，留一支兵马，坚守上邽城，其余人马全部开往祁山，在祁山脚下，再与诸葛亮决一死战！"

司马懿一番话，慷慨激昂，各路将领，人人心服，一致同意。司马懿问张郃："现在大军往祁山进发，你肯为先锋吗？"张郃大声说："我历来忠心耿耿，为国家尽力。现在大都督您又这么信任我，我是一个战士，愿为保卫国家献出生命，只要是您的派遣，我万死不辞！"正说着，探子报告："诸葛亮大军正往祁山进发，先锋王平、张嶷（yí）已过陈仓，从散关往斜谷过来！"司马懿说道："果不出我所料！"随即传令张郃："立即率领本部军马，火速奔赴祁山！"他又对张郃说："往年诸葛亮进兵，缓缓开进，是为了使粮草能及时供应得上。这一次，他长驱直入，不等粮草，一定会到陇西一带抢割我们的小麦作为军粮。你到祁山安营，坚守不出。我和郭淮率主力大军，巡守陇西一带，不让诸葛亮抢割小麦！”部署完毕，各路将领率本部人马先后出发。

诸葛亮大军来到祁山，安营扎寨完毕。前哨侦探报告：“渭水边上魏军已有防备，大将张郃领数万人马驻防！”诸葛亮说道：“这次魏国主帅必定是司马懿，只有司马懿才会料定我再到祁山！”命令众将：“各自小心防守，听我号令行动！”

正在议论下一步的作战计划时，军需官来报：“军营中的粮食最多只能够支持十天，派人催李严运米来，至今没有音信！”诸葛亮道：“我早已知道这一情况了，现在正是陇上小麦成熟季节，我们割麦去！”于是，诸葛亮留王平、张嶷等守住祁山大营，自己领着姜维、魏延等人，奔赴陇上割麦。来到陇上时，前军回报：“司马懿和郭淮早已领兵驻防在这里！”诸葛亮大惊道：“司马懿果然了不起，他早已算准我要来割麦了！这回不可强攻，只可智取！”于是，诸葛亮吩咐如此如此而行。

司马懿在陇上安营，正与郭淮商议对付蜀兵的计策，准备抢先割掉陇上的麦子，让蜀军无麦可收。诸葛亮大军没有粮草，自然会兵败撤回。忽听前军巡逻兵报告：“诸葛亮坐在四轮车上，只有二十几个黑衣大汉推车，正向我军寨前而来，推车的怪模怪样，不知是神是鬼！”司马懿下令：“诸葛亮又在作怪，不管他是人是鬼，追上去，把他捉来！”便派一员副将，领两千人马前去追赶。可魏军怎么追也追不上，明明看见诸葛亮小车就在前面不远处，却总是无法接近。天色越来越暗，晚风习习地吹在脸上，魏兵个个心里惊怕，犹犹豫豫不敢尽力追赶。正在这时，司马懿从后面追来，对军士下令：“听说诸葛亮会驱六丁六甲天神，现在用的是‘缩地法’，不要追了，追也追不上！”实际上，诸葛亮选的是一条窄窄的山路，又陡又险，一个人坐在小车上，等于是二十几个大汉抬着走；魏兵骑马，马在山道上根本跑不快，速度也就和人差不多，所以总是接近不了。加上诸葛亮搞得怪模怪样的，更让魏兵害怕，疑心真的是碰到了神鬼。司马懿也弄不清虚实，为了稳妥起见，只好传令收军。

司马懿率军回营，走不多远，左面山上又出来一个诸葛亮，右边山上也出来一个，一会儿又出来一个，都是一样的打扮，火光中看去，难辨真假，吓得魏兵没命地逃回上邽（guī）城中，坚守城中不出。蜀军三万多人趁机把陇上的小麦抢割一空。

过了几天，魏兵捉住一名脱了队的蜀兵，问他哪里来的四个诸葛亮。这个士兵实话实说："四个丞相中，只有第一个是真的，其余几个都是假的。周围埋伏着几千人，只擂鼓呐喊，却不现身，装成鬼神模样……"司马懿叹道："诸葛亮真是大智大勇，我不如他！"

弄清诸葛亮装神的真相，司马懿这才放心，和郭淮商量进兵的计策。郭淮说："既然诸葛亮的鬼把戏被戳穿了，也就不怕他了，他把小麦割去了，我们再抢回来！"司马懿问："怎么抢？"郭淮说："我已经探听清楚，诸葛亮现在在卤城打麦，守兵不多，突然袭击，卤城可破，粮食也可夺回！"司马懿觉得有理，与郭淮各领一支人马，半夜来到卤城之外，正要发令攻城，忽听得城外麦田里火炮齐鸣，四面伏兵冲来，卤城城上箭如雨下，魏军前后受敌。司马懿与郭淮匆匆商量："我占据前方的山头，你到山后平地上扎营，上下呼应，坚守不动，等有机可乘时再进攻！"二人立即分头率兵杀出重围，在山上、山下安营坚守，蜀军也退回城中。

几天后，魏军巡逻人员报告："蜀军大队人马已经退走，但卤城仍然有兵，不知何故？"司马懿率人来到卤城一看，见城上旗帜仍然在迎风飘荡，城内炊烟缕缕升起。司马懿笑道："这是一座空城，诸葛亮已经回去了！"当先纵马冲进城去，随行人员

跟进一看，果然是一座空城，只有一些烧完的柴草还在冒着烟火。司马懿心想："诸葛亮明明已抢得了军粮，足够支持两个月，为什么突然撤兵？难道蜀国国内有变？"他命令找一个当地老百姓来问问。不多久，士兵带来了一个当地居民。这个居民说："蜀军在这里对老百姓很好，前几天，听说吴国发兵来攻蜀国，所以他们赶快回去了！"司马懿心想："吴国不可能在这个时候攻蜀，要攻蜀也是在蜀国吃败仗的时候，现在传来这个消息，一定是内部出了问题。看来，蜀国不难消灭，至于何时消灭，只是时间问题了。"

首战破蜀，挫动蜀军锐气

公元 234 年，蜀国丞相诸葛亮发动三十四万大军，分兵五路向中原进发，到祁山会齐，安营扎寨，这是诸葛亮一生中第六次进攻魏国。魏主曹叡急忙召见司马懿，商量退敌计策。

曹叡说："蜀国已经三年多没有向中原发兵了，现在又气势汹汹地来攻打我国，你看要怎样才能打退蜀兵？"司马懿说："诸葛亮已经五次进攻我国，都没有获得新进展，反而损失了许多人马。我料定他这次来犯，仍然是讨不了一点便宜！"曹叡问："你是怎么判断的呢？"司马懿说："这几年来，我中原大国民富国强，国势（国家的形势）一天比一天兴旺，人民都厌弃了战争，只想过几年安稳日子，如有敌人来侵犯，大家自然是一致对外。蜀国老百姓也是受够了战争的苦难，都不想再打仗。而诸葛亮自以为才气高出常人，偏要发兵打仗，违背民意，必然没有好结果，所以我断定他不会取胜！"曹叡问："你准备用什么战术来对付诸葛亮？"司马懿说："任他诸葛亮千变万化，我有一定的规章，只是以静制动，以逸待劳（指在战争中做好充分准备，养精蓄锐，等疲乏的敌人来犯时给以迎头痛击），先不和他决战，等他内部出现问题时，才乘胜攻击，一定能打退蜀军！”曹叡说：“你想的正好与我相同！我令你领大军四十万，任大都督，各处兵马任你调配，明天便发兵抗敌！”临行前，曹叡将大军送出城外，并且当着众多文武大臣的面，宣读了一份诏书。诏书说：“大军可到渭水扎寨，与蜀军对垒，一定要坚守本寨，不可轻易出战，用持久战法拖垮蜀军。蜀军必定要伪装退走，我军不要轻易追赶，要多派探子，探明蜀兵真正退走时，乘对方空虚时进攻，一定会大获全胜，这样还免得将士们受疲劳之苦！”

这一道诏书的内容，完全是按司马懿的要求，借皇上之口当众宣读的，让全体官兵知道是皇上的意思，到时候不敢违犯。

司马懿领四十万大军离开长安，来到渭水岸边扎寨。司马懿分派五万精兵，在渭水河上搭起九座浮桥；派先锋夏侯霸、夏侯威渡过渭河安营，在先锋大营后筑起一座城，作为抵抗蜀军的第二道防线；又派副都督郭淮、大将孙礼总督陇西五万兵马，在北原扎寨，高垒起土墙，深挖战壕（作战时为掩护而挖的壕沟），固守阵地，任凭蜀军如何虚张声势，都不与蜀军交战，等到对方粮食耗尽、准备后退时才发兵进攻。布置完毕，各路将领分头把守各处营寨。

诸葛亮五次伐魏，都因打不起持久战而撤兵回国。这一次，诸葛亮准备和司马懿打一场持久战，在祁山大营一连扎下五个大寨，各按左、右、前、后、中五个方位而立；从斜谷道直到剑阁，一边扎下了十四个大寨，将各路军马分开驻扎；并在当地和农民一起种田耕地，取得粮草自给，这样，就不怕魏国拖下去了。司马懿大军立寨、搭浮桥的行动都被诸葛亮摸得一清二楚，正在考虑对策，又探到郭淮、孙礼在北原扎寨的消息，诸葛亮正由这里定下了和魏军战斗的办法。诸葛亮对将官们说："这次司马懿一共布置了三四道防线，目的就是要把我们阻在渭河北岸。我军现在第一步必须先攻过河去，占领渭河南岸，才能进一步向魏国后方推进。"于是传令："扎大木筏一百只，木筏上装着干草把子，由五千名水性好的士兵驾驶，这是前军一路。另一路虚张声势向北原进攻，北原兵少，司马懿一定来救。再派一路后军偷渡过河，前军五千人从上游乘木筏顺流而下，放火烧断浮桥，从魏军后面进攻，对岸魏兵来不及救援，两路大军前后夹击，将会一举占领渭河南岸！"

蜀军砍木头、造木筏的动静同样被司马懿的探子发现，向司马懿做了报告。司马懿立即召集各营将领，吩咐道："诸葛亮大造木筏，其中有计。他以攻北原为幌子（比喻进行某种活动时所假借的名义），却在渭水上游让士兵乘木筏顺水而下，放火烧我浮桥。浮桥一断，我南北大军不能呼应，诸葛亮却从前面进攻。他的目的是突破渭水对岸的防线，好向我军深部挺进，一定不能让蜀兵成功！"

司马懿传令夏侯霸、夏侯威："如果探得北原有动静，立即在渭水南岸埋伏精兵，等蜀军开进来时，突然冲出，打他个措手不及！"传令张虎、乐綝："领两千士兵，从上流顺水而下时，一起放箭，不让蜀军接近浮桥。"传令郭淮、孙礼："如果蜀军来攻北原，立即佯装败退，蜀兵必然来追，然后伏兵用弓箭射他！"又对大家说道："我在中军指挥，水陆并进，如果蜀军真的来犯，大家听我的号令行动，我要大破蜀军！"布置完毕，又交代司马师、司马昭，引兵救援前营军马。

蜀军按诸葛亮的计划行事，魏延、马岱一路攻北原大营，魏军见蜀军杀来，不战便退。魏延觉得对方已有准备，便不再前进，传令后退。忽听得四下里喊声大震，司马懿和郭淮从左右杀出，蜀军纷纷后退，许多人落在水中淹死。魏延、马岱被大军围困，幸亏吴班率五千人赶来救援，这才退回北岸。吴班率兵乘木筏烧浮桥，被张虎、乐綝在岸上万箭齐射，士兵纷纷中箭落水，死伤无数。吴班也身中数箭，落水而死。王平与张嶷率兵偷袭渭南大营，来到魏营前面，已经是二更天了。只听得北原方面喊声震天，不知胜败，只见魏军渭南营寨中静悄悄的，怕中了埋伏，不敢轻进。正在观望时，忽然后队士兵报告，丞相差人送信说："进攻北原、浮桥失败，叫我们火速退兵！"王平、张嶷（yí）正要转身，却被司马师、司马昭率军杀来。王平与张嶷经过半夜苦战，这才败回本阵之中。这一仗，魏军大胜，蜀军损失了大将吴班和一万多人马，士气大大受挫。

死里逃生，诸葛亮功亏一篑

祁山大营，蜀军寨中，聚集着诸葛亮手下的全体将官，不少将军身上还带着伤痕，大家的情绪都很低落。这时，诸葛亮已经清点完了这一仗损失的情况，发话道：“这一次大战，我没有充分估计到司马懿的能力，用兵时过于急躁，造成一万多人的伤亡。这是我的责任，不怪各位将军。大家应当振作精神，再与魏兵决战，我有获胜的把握！”诸葛亮正在说话，门外军士报告：“魏军有人来投降！”“立即放进！”诸葛亮大声传令。

不一会儿，一个将军打扮的人被带进大帐中。这人跪在地上说：“我姓郑，叫郑文，在司马懿手下听用，职务是偏将军，多次立功。这次司马懿发兵，却让和我一样职务的秦朗担任先锋大将军，让我当他的副手，我心中不服，所以来投降您！”诸葛亮正要问话，忽报：“魏军先锋将军秦朗在阵前高声叫骂，要我们交出叛将郑文！”诸葛亮说：“郑文，你来投降，我很高兴，但我不敢相信你。如果你能杀了这个前来叫阵的秦朗，我才能信任

你，并且为你记一个大功！”郑文高兴地说：“我一定效劳！”说完他立即披挂上马，出营与秦朗交战。诸葛亮跟出来观看，只见郑文与秦朗碰面后，双方没多话，立即刀枪并举，没几个回合，郑文一枪将秦朗刺死。魏军败回本阵，蜀军也得胜回营。

诸葛亮回到帐中坐定，传令：“将郑文绑起来，斩首！”郑文连喊冤枉，说：“我为蜀军立了一功，丞相您为什么还要杀我？”诸葛亮说：“我早就认识秦朗，你杀的根本不是他！再说，司马懿用人，决不会错，刚才那个假秦朗，武艺极差，司马懿怎么会让一个武艺极差的人做先锋？你一定是司马懿派来假投降的，想骗我，没那么容易！”郑文这时才真吓得一身冷汗，连连磕头求饶：“请丞相饶命，我确实是司马懿派来假投降的。刚才杀的只是一个末将，那是司马懿制订的计划，为的是骗取您的信任……”诸葛亮又问：“司马懿下一步的计划是什么？”郑文答道：“下一步计划是，我派一个人送出信，约司马懿夜里来偷袭，我与他里应外合，消灭蜀军！”

诸葛亮笑道：“司马懿果然聪明，可是他却用错了人！郑文，你如果想活命的话，就照我说的，写一封信给司马懿，约他明晚来偷营；如果想死，我立即成全你！”郑文连声说：“我愿写信，我愿写信！请丞相开恩！”他当下便写了一封信，诸葛亮选了一个人送去，又命令将郑文押起来；一面传令各营将士，如此如此照计行事。

魏军大寨中，司马懿正和两个儿子商量下一步怎么行动，门外报告：“郑文派人送信来了！”司马懿传令：“放进！”送信人将郑文的信送上，司马懿和两个儿子分别看了信，将郑文留下的笔迹反复验看后，相信确实是郑文手迹，又仔细盘问了送信人，送信人讲的情况和郑文信中所讲的情况也完全相符。司马懿非常高兴，重赏了送信人，命令他到后帐中休息，便与司马师、司马昭商量偷营。司马懿说："明天晚上，我亲自领五万兵马去偷营，你兄弟俩领兵在后面接应，这一次，要一举大败蜀军！"司马昭说："父亲！不可轻易相信这一封书信！诸葛亮历来细心，郑文几个回合就杀了假秦朗，对方难免看出来其中的奥妙。假如诸葛亮识破我们的计划，强迫郑文写信，将计就计骗我们去偷袭，我们不就中他的计策了吗？"司马懿听了儿子的话，觉得很有道理，问道："那我们应该怎么对待这次行动？"司马师说："我们可派一员战将领兵五千前去偷营，这第一批人马二更天到，我兄弟俩领一万人马三更天到，父亲您再领一批人马在后面接应，这样，不管成不成，都不会有损失！"司马懿大喜，"你们二人很懂得用兵，而且也很了解诸葛亮！有你二人在，我就完全放心了！"司马懿立即传令，按他父子三人商量好的计划行事。

果然，当第一批偷营的魏军到达蜀寨时，四下里伏兵拥出，五千魏军被困在中间，死伤惨重，幸亏有司马兄弟赶来接应。接着司马懿又亲率大军来到，混战一场，天亮收兵，两军各自伤亡了许多人马。这一仗，算是没分出胜负来。司马懿这时更觉得自己两个儿子是了不起的人才，便用心地把自己的用兵、治国的经验传授给他们。

偷营没有成功，魏、蜀两军又成了对垒状态，两家各自守住军营，不敢轻易出兵。司马懿不断派侦探打听蜀兵的行动。不几天，派出去的侦探报告，诸葛亮造了"木牛"、"流马"，用它们搬运粮草，不用吃草料，人也不劳累。司马懿想："蜀军离本国遥远，最难供应的就是粮草，现在，诸葛亮一面命令士兵们种地，另一面又用木牛、流马来搬运粮草，这分明是想和我打持久战。如果让他们解决了粮食问题，诸葛亮没有后顾之忧，我们的问题就来了。"想来想去，司马懿想出一条对策：派兵抢他的粮草，毁掉他的粮草供应基地，阻断他的运粮道路，把握诸葛亮的

行踪，到关键时刻，突然袭击！

想好对策，魏军派出夏侯惠和几员大将，率领部分精兵，经常在诸葛亮的运粮道上偷袭，抢了许多木牛、流马，大大小小打了几十仗，基本上都是魏军取胜。司马懿心中高兴，心想："照这样下去，诸葛亮也坚持不了多久！"司马懿命令各路将士继续照计策行事，一定要守好本寨，探明蜀军动静后再决定行动！

又过了几天，派出去的侦探回来报告："蜀军粮草集中堆放在上方谷中，诸葛亮目前住在上方谷西十里处，亲自调运粮草。祁山大寨中，只有姜维在镇守。"司马懿命令："再去察看，将详细情况向我报告！"一连几天，派出去的探子回来报告的情况一模一样。司马懿大喜，立即调遣人马，派两万人去攻祁山大寨，等蜀军来救祁山大寨时，自己父子三人则去进攻上方谷，夺取蜀军的粮草基地。司马懿对两个儿子说："上方谷是诸葛亮存粮草的地方，蜀军的命根子；夺下上方谷，断了诸葛亮的粮草，蜀军不攻自败！"

第二天，对祁山大寨的攻击正式展开。只见蜀军纷纷向祁山大寨奔去。司马懿心中高兴，立即和两个儿子统领所有军马，全速向上方谷方向进发。快到上方谷口时，蜀将魏延率兵列阵挡住去路，司马懿指挥部下奋力冲锋。魏延兵少，抵挡不住，只好向山谷里退去。司马懿父子指挥大军，全力冲锋，追赶蜀军。一连追了十余里，蜀军没命地逃进一条峡谷里去了。司马懿派一支人马先到谷中察看有没有伏兵，不久，前头部队回报："谷中没有伏兵！"司马懿和两个儿子放心地冲进谷中。谷中道路狭窄，司马懿父子三人一马当先，身后大军队伍拖得很长很长。又走了几里路，山谷越来越深，两旁山上布满了草房，草房前后堆满了柴草。司马懿猛然醒悟！"快速后退！我们中了诸葛亮的计策！"正在这时，前后军士都来报告，路被阻断，大军进退不能。忽听

司马

得一声炮响，四面山头喊声连天，伏兵涌现，司马懿命令士兵向山上冲锋，却被蜀军居高临下，用滚木厂礌石打回。这时，只听对面山岭上诸葛亮哈哈大笑说："司马懿！你中了我的诱兵之计，你的脚下，布满了地雷火炮，你父子将死无葬身之地！"只见诸葛亮羽扇一招，士兵将火箭射进山谷中，将地上的硫黄、干草一起烧着。霎时间，地雷火炮噼噼啪啪，噼里啪啦一齐炸响，炸得魏军人仰马翻。司马懿父子三人都是六神无主，料定这一下必死无疑！

正在万分危急时，忽然一声霹雳，山中下起了瓢泼大雨，山谷两边的火药、柴草被全部淋湿，山谷中一下子平静下来。司马懿父子大喜，立即高呼："大家趁这个时候奋力冲出！"魏军个个奋勇争先，山上的蜀兵抵挡不住，司马懿父子安全逃出。

司马懿率领残兵，逃回祁山大营，得知渭南大寨已被蜀军乘机占领，只得坚守渭北大寨。司马懿传令："各路将士，一律坚守，没有将令，任何人不准出兵，违令者定斩不饶！"

坚守不战，以拖垮蜀军

司马懿偷袭蜀军不成，反被诸葛亮困在上方谷，他们父子三人差点一起丢了性命，幸亏一场大雨浇灭了地雷火炮，这才逃出来。渭南营寨又被蜀军占领了。司马懿传令退守渭北营寨，一面派出探马，探听蜀军动静，另一面传下将令，任何人不得随意出战，违令者军法治罪！

两天后，外出探马陆续回来报告："蜀军占我渭南营寨后，近日不断移动，正在寻找好地势安营扎寨。"司马懿命令："继续打探，将探来的军情，随时向我报告！"哨马走后，司马懿对郭淮等人说："诸葛亮胜了这一仗，一定会乘机前进。如果他大军向东挺进，我军马上面临腹背受敌的危险；如果他从渭南向西挺进，到五丈原扎寨，蜀军虽在地理上占优势，但对我军构不成威胁，我中原可平安无事。据我预料，诸葛亮一定会到五丈原去安营，因为他历来不会冒险进兵。这样，我们只要坚守不出，蜀兵到时候只好自动退去！"大家还在犹豫不决，第二批派出的探马

回营报告："诸葛亮已经兵出渭南，在五丈原扎下大营！"司马懿高兴地说："我军高枕无忧了！"左右的将官这时都佩服司马懿的高见。

诸葛亮上方谷大胜一场，军心大振。大家一致请求乘胜进军，诸葛亮对大家说："司马懿虽然败了一场，丢了渭南大营，但是并没有损失多少兵马，完全有能力和我们决战。但司马懿已经吃亏，就不会再和我们硬碰硬了，一定会小心防守。魏军小心防守，我军便不能轻易冒险，一定要稳扎稳打，占据有利地形后，再一步步推进。所以，我选五丈原安营扎寨，找机会与司马懿决战！"众将官历来对诸葛亮的布置毫不怀疑，这时更是严格遵守将令。

蜀军安营以后，诸葛亮天天派人出去挑战，又给司马懿下战书，约司马懿决战。司马懿对诸葛亮的战书不予理睬，对蜀军的挑战更是当成耳旁风。诸葛亮一连几十天派人挑战，魏军就是不出，急得诸葛亮吃不下，坐不安，左思右想决定要刺激司马懿一下，便派人制作了一套色彩艳丽的妇女服装，写了一封信送到魏营中交给司马懿。

司马懿正在中军帐中和几位将领讨论敌情，忽听士兵报告："诸葛亮送来书信一封，并有妇女服装、头巾一套，说是给大都督的。来人说，一定要当面交给大都督，不知道能不能放他进来？"

司马懿一听，心中大怒："诸葛亮太无礼了，竟然把我比作女人！"正想发作，又转念一想："这是诸葛亮在用激将法，想逼我和他决战，我不要中了他的计策！"便转怒为笑道："请使者进帐！"不多时，使者进帐，捧着诸葛亮的书信和一套妇女服装送给司马懿。司马懿当众打开衣服盒子，看到一套做工精细的女装，心里一阵冲动，想要发火，硬是镇定下来，强装平静地打开书信阅读。诸葛亮写道："司马懿，你身为魏国统军主帅，率兵与我对抗，却不敢和我决战，只敢躲在自己的乌龟壳里，把脖子缩着，你简直胆小得和一个柔弱的女人一样！今天特地送你一套服装，你要真是个女人，就高兴地收下它，穿上它；你要敢于撕碎书信，撕毁服装，领兵和我决战，那就马马虎虎还算你是个男人……"司马懿越看越火，几次想发作，到底忍住了，满脸笑容地收下礼物，命令办一桌酒席招待使者，司马懿亲自陪使者喝酒。酒席间，司马懿问这名使者："你家丞相平时吃饭能吃多

少？日常事情多不多？”这个使者心想：“司马懿真沉得住气，丞相这么侮辱他，他都不发火，还问丞相的身体情况。”便老老实实地说：“丞相每天工作到半夜，军中大小事情件件都亲自过问，连士兵喝酒打架的处罚都自己决定。丞相的饭量很小，每天只吃一点点米饭……”司马懿在酒席上对大家说：“诸葛亮军政事务繁多，吃得又少，这样不出几个月，就会累死的，不累死也要累垮！”又对使者说：“请回去转告你家丞相，千万保重身体，不要管事管得太多，累垮了身体；当我想和他决战时，却找不到对手了！”

使者回到蜀营，见到诸葛亮，对诸葛亮说：“司马懿接受了那套女装，看了丞相写的信，态度很平静，还置办酒席，亲自陪我喝酒。”诸葛亮点点头道：“司马懿真是了解我呀！他对我的想法了如指掌！”又问：“司马懿还和你说了些什么？”使者将司马懿说的话，一一告诉了诸葛亮，诸葛亮深深叹息道：“司马懿真是了解我啊！我也不是不知道，这么拖下去，早晚要拖垮身子的。但我不放心让别人去做，我怕办坏事，怎么对得起先帝刘备呢？”诸葛亮说着说着，情不自禁地流下泪，左右的将士们也很感动。从此以后，诸葛亮真的觉得身体越来越差，精神也不好了。

司马懿接受诸葛亮女装的事立即在魏军将领中传开来，大家都非常气愤，纷纷要求冲出大营，与蜀军决一死战。起初，司马懿一再解释不能出战，到后来见实在拖不下去了，便提出一条计策，对将军们说：“我并不是不敢出战而甘心接受诸葛亮的侮辱，实在是因为皇上传诏，要我们坚守不出。如果大家一定要打，我立即向皇上写一道奏折，等皇上批准后，立即和蜀军决战！”听司马懿这么一说，大家才纷纷离去。

曹叡接到司马懿的请战书后，对大臣们说：“司马懿既然下

令坚守不出，却为什么又要上表请战呢？”卫尉辛毗答道：“司马懿最了解诸葛亮，他采取的坚守不出的战略对蜀军最有效。现在肯定是诸葛亮三番五次侮辱我军，将士们愤愤不平，要求出战。司马懿想借皇上的口来明白地告诉大家，坚守不出是皇上的意思，谁要是不听，谁就是对皇上无礼！因此，请皇上下诏，命我军坚守！”曹叡立即传下诏书，令辛毗送到渭北军中。

辛毗来到军中，与司马懿交谈了自己的猜想和皇帝曹叡的态度。司马懿非常高兴，立即召集全体将官，请辛毗宣读皇上圣旨：“全体将士，一律严守，如有再说出战者，立即作违背圣旨处理！”各路将官见皇帝这么说，不敢再提出战的事。于是，司马懿叫军中上下一起传言：“皇帝命令大都督不要出战！”

曹叡下诏命令司马懿不要出战的事，很快被蜀军的探马打探到，迅速向诸葛亮报告。诸葛亮苦笑道：“这不过是司马懿安定军心的计策！司马懿根本不想与我决战，只想拖垮我，他是被部下将军们逼不过，才故意向皇帝请战的。哪有统军主帅千里迢迢向后方请战的道理！”正在说话，蜀主刘禅派人送信：“吴军伐魏不成，三路人马大败而回！”诸葛亮一听这个消息，长叹一声，竟然昏死过去。大家七手八脚地救了半天，才算救治过来。诸葛亮说：“我旧病又复发，这次特别严重，只怕不能治了！”他一面带病治理军务，另一面做处理后事的准备，不久，便病死在五丈原军中。

司马懿探得诸葛亮病死、蜀军退兵的消息时，立即发兵追赶，但蜀军已经退远了，无法追上。司马懿传令：“诸葛亮已死，我中原可高枕无忧，全军班师回朝！”

退兵的路上，司马懿一路察看诸葛亮安营扎寨的旧址，从留下的痕迹看，严整有次序。司马懿不禁叹息道：“诸葛亮真是天下奇才啊！”

兵不在多，在于调遣

公元 237 年，魏国辽东公孙渊被魏主曹叡加封为大司马、乐浪公。公孙渊觉得自己才能卓越，不能老是受别人管制，干脆自己称王算了。于是，公孙渊召集部下的文官武将，宣布自己从即日起，号称燕王，独立一方，不再受魏国管制。公孙渊的副将贾范反对这样做，他对公孙渊说："魏主对您很好，把辽东这么好的地方交给您镇守，您应该知足了。如果您自封燕王，那就是造反，皇上必定会派兵来镇压。现在魏国的兵权是司马懿掌管。司马懿文武双全，用兵如神，蜀国的诸葛亮都没办法战胜他，您更比不上司马懿了，我劝您还是安守本分的好！"公孙渊勃然大怒，命令将贾范绑起来，推出去斩首。武士们三两下便将贾范捆绑得结结实实，正准备拉出去杀头，参军伦直大声喊道："住手，等一下，我有话说！"伦直急忙走上前去，对公孙渊说道："贾范的话是对的！您千万不能冒险造反！最近，城中出现了许多怪事，这都是一些不吉利的兆头。前几天，有一只狗，头上戴着头巾，身上穿着女人穿的红衣，像人一样在地上走路。南门有一人家，煮饭时发现有一个小孩儿死在里面。城北集市上，忽然间地面下陷，从坑中涌出一个肉团子。这肉团子直径两三尺，有头，口耳鼻眼都有，形状像个人，但是没有手脚。按古书记载，这些怪东西出现都预示着大灾难的来临。您应该小心谨慎，安守本分，千万不能妄自尊大，否则会招来杀头之祸的！”伦直的话还没说完，公孙渊早已气得暴跳如雷，命令将贾范和伦直一起杀头。

公孙渊正式号称燕王，并且任命大将卑衍为元帅，杨祚（zuò）为先锋，发辽兵十五万，向魏国都城洛阳杀来。

魏主曹叡很快便得到了公孙渊造反的消息，火速请来司马懿商量对策。司马懿笑着说：“公孙渊谋反，那是他自己找死，我手下现在有四万马步军，多年来一直驻守在东北方向。我现在调齐四万军马，很快就可以平定辽东！”曹叡不放心地说：“辽兵现有十几万，你只带四万人马，能胜吗？”司马懿说：“兵不在多，关键在于运用；对付公孙渊，有四万军马已经足够，不必再劳烦更多人马！”曹叡又问：“依你所料，公孙渊会怎样和你对敌？”司马懿说：“我大军到辽东，公孙渊如果放弃襄平城，向北逃窜，这是上策，这将很难一下子捉住公孙渊；如果公孙渊大兵据守辽东全境，我军要一个一个地攻破城池，这对公孙渊来说，是中策，我们要捉住他，可能要费一点时间；如果公孙渊把大军集中在襄平固守，这是下策，对我最有利，我可以不费吹灰之力，将公孙渊手到擒来，献在皇上面前！”

曹叡听了司马懿的分析，见他这么有把握，非常高兴，问道：“那你大约要多长时间才能平定辽东、回到洛阳？”司马懿说：“辽东离洛阳大约四千里路，行军去一百天，回一百天，打仗一百天，休息六十来天，一年时间足够！”于是，曹叡传话，

命令司马懿发兵征讨辽东。

司马懿大兵来到辽东，辽兵元帅卑衍和先锋杨祚商量："魏军行军四千里，粮草一定接济不上。他如果来讨战，我们只是分兵坚守，拒绝出战，等司马懿退兵时，再乘机追击，那时，司马懿必败无疑！"杨祚道："元帅您说得对！司马懿和诸葛亮打了十几年的仗，最后把诸葛亮困死在渭南五丈原，用的就是这个计策。我们今天也来用司马懿的计策对付他自己！"

却说司马懿大兵到达这一天，见辽兵果然严密防守，心中暗喜："公孙渊一定能被我捉住！"司马懿见辽兵摆出一副深沟高垒、拒不出战的架势，笑着说："辽兵想用我惯用的计策来对付我，笑话！我偏不中计！"于是传令道："辽兵大部分在辽东前线，老巢襄平一定空虚；我们直接向襄平进发，等他回兵救援襄平时，在中途用伏兵胜他！"

果然，辽兵元帅卑衍探得魏军往襄平进发时，大惊失色，立即率本部十五万人马，火速奔救襄平，却被魏兵在中途杀得落花流水，损失了几万人，总算奔回襄平城中。公孙渊见大兵回城，心里很高兴，命令各门军士坚守不出，想用拖的办法来战胜司马懿。而司马懿见公孙渊果然守住襄平，用的是下策，正中下怀。司马懿命令四万军马，将襄平城围得水泄不通。

魏兵将公孙渊困了几十天后，恰好到了秋季，阴雨连绵，一直下了三十多天。平地水深三尺，魏兵军营扎在水中，士兵痛苦不堪；城中也因为几十天阴雨，粮食吃完了，柴草也用光了，非常着急。这时，司马懿令大兵后退二十里，放城中的老百姓出城砍柴取草、放牛牧马。和司马懿一道出征的陈群问司马懿："您当年攻上庸、捉孟达时，兵分八路，八天行军一千多里，十天之内破了上庸。现在，您带领四万军马，远行四千里，不和辽兵交战，却将军营安在泥泞不堪的平地上，又放城中百姓砍柴取草，

这样，到什么时候才能打败公孙渊呢？”

司马懿说：“用兵打仗，不能一成不变，策略一定要灵活。当年破孟达时，他兵少粮多，我兵多粮少，如果不速战速决，就很难取胜；假如再让诸葛亮发觉，发兵助战，我就更难取胜了。而今天不一样，我虽然行军数千里，但我的粮食丰富，而辽兵却已经粮草断绝，我正是一面围困，让他心慌，另一面却又放条生路，让他的士兵、百姓逃走。时间一长，辽兵必定内乱，那时我再乘机攻城，这样，既不会造成多大伤亡，又不用多费力气，一举可破襄平，我何乐不为？你等着，十天之内，我便可以攻破襄平城池（城墙和护城河，借指城市）！”陈群听了司马懿的分析，非常佩服。

又围困了五六天，襄平城中的粮食已经吃光，士兵们只好杀牛宰马充饥；老百姓已经饿死了不少人。有的军官已经开始商量，要捉拿公孙渊，开门向魏军投降。公孙渊这时也慌了神，只得准备投降，派相国王建、御史大夫柳甫来到司马懿帐中，说明来意，请司马懿退兵二十里，然后公孙渊开城门投降。司马懿怒道：“公孙渊为什么不自己来，派你俩来干什么？”传令杀了王建、柳甫二人，不准投降。公孙渊在城中听说司马懿不准投降，急得六神无主，又派侍中卫演再次出城，请司马懿接受投降。卫演出了城，来到魏军寨前，双膝跪倒，用膝盖当脚，跪着走到司马懿大帐中，说：“我主公孙渊明天先将儿子送来做人质，然后全城军民出来投降！”司马懿笑道：“一军之主，对阵打仗，能打就打，不能打就守，守不住就该早点逃走，逃不掉就该早点投降，不能打、不能守、不能逃、不能降就早点寻死，却拿儿子来做人质！让天下人笑话！你回去告诉公孙渊，立即出城投降，否则就早点自杀！”

卫演被司马懿一顿臭骂，吓得连滚带爬地回到城中，向公孙渊报告。公孙渊无可奈何，和儿子公孙修秘密商量，决定连夜逃走。

夜半三更，公孙渊带着儿子公孙修，选了一千人马，偷偷开了南门，往东南方向逃跑，一连走了二十多里，没碰到魏军。公孙渊正在庆幸自己就要脱险了，忽然听得山头上一声炮响，火把齐举，司马懿率大兵冲出，挡住道路，左边冲出司马师，右边冲出司马昭，背后有先锋胡遵，大将夏侯霸、夏侯威、张虎、乐綝领兵出战。公孙渊父子及一千人马被困在当中，士兵们纷纷放下武器，下马投降。公孙渊这时还抱着侥幸心理，和儿子公孙修跪地求饶，希望司马懿能放一条生路。司马懿喝令："将公孙渊父子绑到马前，先杀儿子，后杀父亲，为天下反贼做个榜样！"公孙渊眼看儿子被一刀斩首，没等人来杀，自己已经先昏了过去。司马懿杀了公孙渊父子，平定了辽东全境，大赏三军，领兵返回洛阳。

三朝元老，一代重臣

就在司马懿平定辽东这年，魏主曹叡忽然得了一种怪病，白天昏昏沉沉地想睡觉，到了夜晚却反而睡不着。这天半夜，曹叡好不容易睡着了，恍恍惚惚只觉得宫殿里阴风惨惨，有一阵叽叽喳喳的声音传来，曹叡听了汗毛都竖了起来。他大着胆子，从床上坐起来向四面张望。忽见宫门大开，自己已死去的前妻毛皇后带着十几个宫女闯进门来，一个个哭哭啼啼喊冤叫苦，要曹叡还她们性命。曹叡大骂："你们还不快走！"可是她们就是不走，反而一步步逼近床前，张牙舞爪地来抓曹叡。曹叡急了，叫道："来人！来人啦！"一声叫了出来，从床后出来几个宫女，推醒了曹叡，原来是做了一场噩梦。曹叡一身大汗，将两层睡衣浸透，连棉被都被汗水浸湿了。

这一场噩梦的惊吓，使曹叡的病情更加严重，他自己也觉得好不了了，便着手安排后事。曹叡传来侍中刘放、孙资二人，对他们说："我的病情越来越严重了，看来好不了啦。我死之后，想在曹氏家族中选一个能干的人帮助太子曹芳治理国家，趁我还活着，早点把这件事情定下来，依你们看，选哪个好些？”刘放、孙资二人都是魏国的老臣了，曹真生前，他俩和曹真很要好，也经常得到曹真的照顾，便想趁此机会保举曹真的后代。他们回答说：“先帝在世时，大将军曹真立下了很多功劳。朝廷中的文武官员个个尊敬他，曹真的后代和您又是兄弟辈的关系，用曹真的后代帮助太子曹芳的话，大家都会心服的。况且，曹真的大儿子曹爽，天资聪明，博学多才，用他来辅助太子，是最好的人选。”曹叡平时也很喜欢曹爽，便同意了这个建议。他立即传诏：任命曹爽为大将军，总管朝廷大小政事。同时，曹叡又派出专门大使，火速去信辽东请司马懿回朝，要司马懿和曹爽共同辅助太子曹芳。曹叡派出使节后，便在病床上强打精神，专等司马懿回朝，好交代后事。

司马懿扫平了辽东，让全体将士休息了几个月，兵马都恢复了体力，这才启程回都城。一路上，魏军边走边休息，慢慢地往回走。

这天晚上，司马懿正要休息，忽报：“天子派专使来到，有诏书宣读！”司马懿慌忙将使者迎进，接了诏书，又听使者叙述了皇上的病情，大吃一惊，连忙对使者说：“请您先回都城，我随后便到！”

送走了使臣，司马懿陷入了沉思：“我这一生，经历了曹家三代，下面即将传给第四代，我又面临着如何处理好和这一个皇上的关系。从曹操到曹丕再到曹叡，他们都不是十分信任我。现在曹叡病重，即将传位给太子曹芳，曹芳是一个才八岁的孩子，他能懂什么事情，不知道又要安排一个什么样的人来防备着我，我怎么办才好呢？”想着想着，司马懿决定把两个儿子找来商量一下。

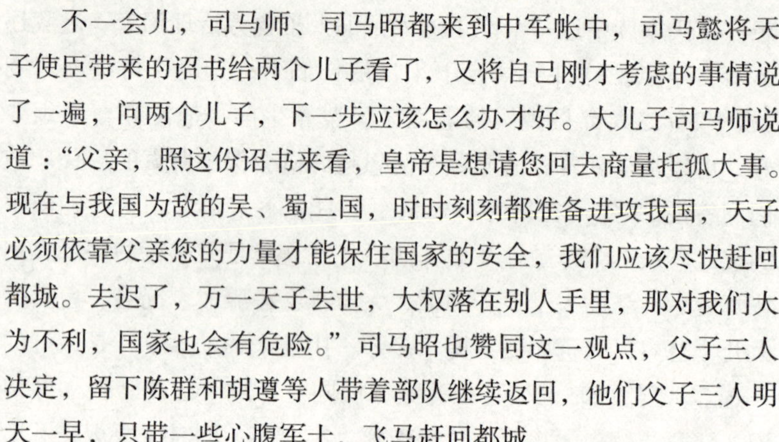

不一会儿，司马师、司马昭都来到中军帐中，司马懿将天子使臣带来的诏书给两个儿子看了，又将自己刚才考虑的事情说了一遍，问两个儿子，下一步应该怎么办才好。大儿子司马师说道：“父亲，照这份诏书来看，皇帝是想请您回去商量托孤大事。现在与我国为敌的吴、蜀二国，时时刻刻都准备进攻我国，天子必须依靠父亲您的力量才能保住国家的安全，我们应该尽快赶回都城。去迟了，万一天子去世，大权落在别人手里，那对我们大为不利，国家也会有危险。”司马昭也赞同这一观点，父子三人决定，留下陈群和胡遵等人带着部队继续返回，他们父子三人明天一早，只带一些心腹军士，飞马赶回都城。

司马懿父子马不停蹄地赶回都城，一天都没休息，便来到皇城。黄门官向内通报：“太尉司马懿平定辽东，胜利回朝，求见皇上！”曹叡在病床上已经快要支持不住了，忽听司马懿回朝，精神一振，立即传旨：“命司马懿进宫。”同时又叫大将军曹爽、侍中刘放、孙资等人一同觐见。

司马懿进了内宫，向曹叡磕头道：“我在回军途中听说皇上生病了，恨不得多生两只翅膀，一下子飞回来，现在终于见到皇上您了。我托皇上洪福，这次顺利平定辽东，杀了公孙渊，请您放心养病……”曹叡勉强露出一丝笑容，对司马懿说：“我从去年冬天得病到现在，一天比一天严重，眼看这个春天是过不完了，只是强撑着一口气，等你回来好交代后事，现在你终于来了，我也就放心了！”曹叡叫太子曹芳，大将军曹爽，侍中刘放、孙资等人一起站到自己面前，拉着司马懿的手说：“我传你回朝，是要你好好辅助太子曹芳。曹芳才八岁，是个不懂事的孩子，国家大事只有依靠你和宗族老臣共同掌管，请你们尽心尽力做好……”曹叡又对太子曹芳说：“我和太尉司马懿就像一个人一样，你对太尉要像对我一样！”司马懿弯下腰，把曹芳抱起来，放到曹叡面前。小太子瞪着一双大眼，看着司马懿，双手抱住司马懿的脖子，不肯放手，并把小脸紧紧依偎在司马懿胸前。曹叡又心酸又感到一点安慰，对司马懿说："你看，这孩子跟你多亲近，往后他要有什么不对的地方，你尽管开导他，但请你记住孩子今天的这段依恋之情……"曹叡说着说着，眼泪像泉水一样涌了出来。司马懿、曹爽、刘放、孙资等人一个个都痛哭起来，等大家抬头看曹叡时，他早已断了气，死在床上。

于是，司马懿和曹爽共同扶持曹芳当了皇帝，尊郭皇后为皇太后，将景初三年（公元 239 年）翌年改为正始元年（公元 240 年）。曹爽执掌朝廷大小事务，司马懿掌管天下兵马和都城的御林军，国家大事都由司马懿和曹爽商量着办。因为司马懿和曹真是同辈人，所以曹爽对司马懿就像对叔伯一样，非常敬重，曹爽管的事情，都要问过司马懿以后才能决定下来。因此，朝廷的军政大权都落在司马懿一人手中，司马懿这时真正成了三朝元老（称某一领域年辈长资历高的人）、一代重臣（指身负国家重任的臣子；朝廷中居要职的大臣）了！

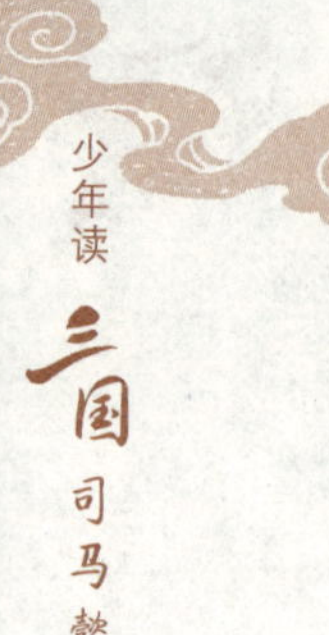

装病装聋，致使曹爽无顾虑

公元 239 年，魏国皇帝曹叡病死，儿子曹芳当了皇帝。曹芳任用大将军曹爽和太尉司马懿共同管理国家大事。曹爽对司马懿很敬重，大小事情都和司马懿商量，司马懿同意的事情，曹爽才去办理。时间一长，人们都看得出来，说是曹爽和司马懿共同治国，实际上司马懿既管军队又管朝政，国家军政大权都落在司马懿一个人手中，渐渐地，难免有一些议论传了出来。

在曹爽门下，有五百多名幕僚（古代称将帅幕府中的参谋、书记等，后泛指文武官署中的佐助人员），他们都是曹爽的私人谋士，尽心尽力为曹爽的利益着想。在这五百多人中，有五个人最得曹爽的信任。他们是：何晏，字平叔；邓飏（yáng），字玄茂；李胜，字公昭；丁谧，字彦靖；毕轨，字昭先。这五个人聪明博学，很有智谋，别人称他们为“智囊”。他们见曹爽服从司马懿领导，心里不高兴，便对曹爽说：“您是大将军，朝廷大事，您要多拿主意，不要什么事情都听司马懿的！”曹爽说：“我和

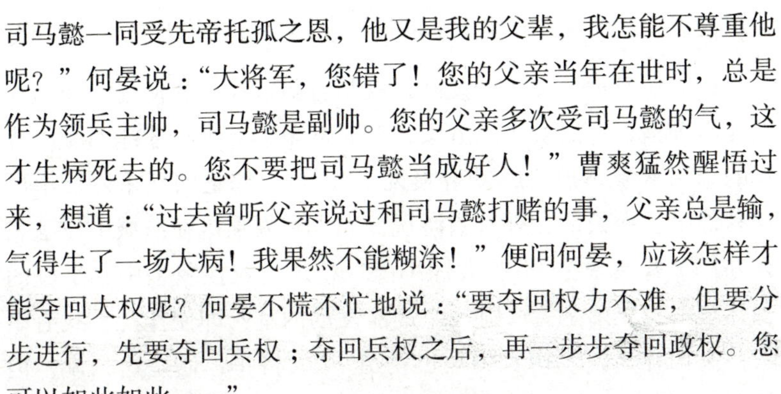

司马懿一同受先帝托孤之恩，他又是我的父辈，我怎能不尊重他呢？”何晏说：“大将军，您错了！您的父亲当年在世时，总是作为领兵主帅，司马懿是副帅。您的父亲多次受司马懿的气，这才生病死去的。您不要把司马懿当成好人！”曹爽猛然醒悟过来，想道：“过去曾听父亲说过和司马懿打赌的事，父亲总是输，气得生了一场大病！我果然不能糊涂！”便问何晏，应该怎样才能夺回大权呢？何晏不慌不忙地说：“要夺回权力不难，但要分步进行，先要夺回兵权；夺回兵权之后，再一步步夺回政权。您可以如此如此……”

第二天，曹爽来到后宫，求见郭太后，对郭太后说：“太子刚刚当皇帝，许多文武知识需要专人教授。太尉司马懿文武双全，可担负起这件大事，太后应该下一道诏书，封司马懿为太傅。至于管理御林军、操练兵马等小事情，可以交给别人办理。”郭太后觉得曹爽说得很对，便传下一道诏书，封司马懿为太傅，专门陪伴皇帝、教导皇帝，将兵权全部交给大将军曹爽。从此，国家兵权全部集中在曹爽一人手中。曹爽任命自己的二弟曹羲为中领军、三弟曹训为武卫将军、四弟曹彦为散骑常侍，三人各率领三千御林军，出入皇城，担任皇城的守卫任务。曹爽又任命何晏、邓飏、丁谧为尚书，毕轨为司隶校尉，李胜为河南尹，把这五个人当作心腹，成天在一起讨论国家大事。这么一来，军政大权落在曹爽一人手中。司马懿从名义上说是升了官，实际上是无事可干了，便经常不上朝。后来干脆给皇帝上了一道奏章说：自己年纪老了，腿脚不灵便，要请长假在家里休息。曹爽立即批准。司马懿便名正言顺地在家里养病，两个儿子司马师、司马昭也辞职回家闲住。

排挤掉了司马父子，曹爽松了口气，放心地吃喝玩乐。各地进贡给皇帝的珍宝，曹爽先将好的选出来，留给自己，然后再送进宫中；从各地选来的美女，曹爽先把特别漂亮的留下，剩下的

才送进宫中。他又在家里大造阁楼、花园，过着花天酒地的日子。

曹爽还有一个最大的爱好，就是打猎，经常和何晏、邓飏等人外出围猎，一般要去三五天，有时甚至十天半月才能回城。曹爽的弟弟曹羲不放心，劝曹爽说："大哥，您是朝廷重臣，不可轻易外出。您长期在外打猎游玩，如果有人乘机在皇城中作乱怎么办？"曹爽说："不要大惊小怪！朝廷兵权在我手中，皇城的御林军由我兄弟掌管，哪一个还能发动内乱？即使作乱，我有军队，又怕什么？"司农桓范也劝道："大将军，话是这么说，但却不可不防。现在朝廷老臣中，只有司马懿可以算是您的对手，司马懿虽然在家养病，但您对他还是应该小心提防才对！"曹爽见大家都这么说，自己也被提醒了，便决定找个机会探听一下司马懿的虚实。

正巧，荆州刺史换任，曹爽在皇帝面前保奏李胜前去上任。魏主曹芳同意，下诏任李胜为荆州刺史。曹爽让李胜在临行之前到司马懿府中去一趟，名义上是向太傅辞行，实际上是顺便探问一下司马懿到底是真病还是假病。

这天下午，司马懿正在家中和两个儿子闲聊，忽报："李胜前来辞行！"司马懿笑着对两个儿子说："这李胜来辞行是假的，看我的病情才是真的，一定是曹爽对我不放心，派李胜来的！我正好趁机会骗他们一下，让曹爽放宽心，从此不再戒备我！"司马懿交代两个儿子，要如此如此……

李胜正在门口观望，门人出来说："太傅请您进去！"李胜跟在门人后面，一路走，一路留心府中，看有没有精壮的士兵把守，走了几道院子，只看见一些中老年家人在打柴、扫地。太傅府虽然高大，但已经相当破旧，有的地方甚至结满了蜘蛛网。李胜心想："司马懿毕竟老了，连住的地方都这么破败，看来只怕是真的生病了。"

李胜来到司马懿的卧室，只见司马懿披头散发坐在床上，床边站着两名佣人，床旁的凳子上放着药碗，碗底黑乎乎的，屋内散发着一股药味。李胜走近床前，仔细看了看司马懿的脸，只见司马懿双目无光，脸上颜色蜡黄蜡黄的，颧骨已经凸了出来。李胜凑上前向司马懿行礼道："多年没来拜望您了，想不到您病得这么厉害。这次，皇帝派我去当荆州刺史，特地前来向您告别！"司马懿故意说："并州？并州靠近边界，你要多留心！"李胜说："是荆州，不是并州！"司马懿说："哦，你是从并州来的？"李胜大声道："是荆州！"司马懿说："我知道了，你是从荆州来的，并不是从并州来的！"李胜问："太傅怎么听不见话了？"佣人说："太傅病的时间长了，耳朵聋了。"李胜说："请拿纸笔来用一用。"佣人拿来纸笔，李胜在纸上写明自己是来干什么的，司马懿瞪着眼睛看了一会儿，说："你看你看，我的耳朵都病聋了，你此去保重啊！"

司马懿说完，用手指着嘴巴，佣人端来一碗汤药，司马懿将嘴凑上去，一面喝药，一面顺着嘴角滴滴答答流下许多汤来，把衣服、被子都弄脏了。司马懿喝完药，喉咙似乎都硬了，说："我已经病得很重了，活不了多少日子，我两个儿子也不成才，请您对大将军说说，希望大将军日后照顾他们一下！"说完话，司马懿已经累得直喘，倒在床上喘着粗气。李胜心想："司马懿已经病成这个样子，还怕他什么！"便告辞回到曹爽府中，将自己亲眼看到的一切，原原本本向曹爽做了报告。曹爽大喜道："只要这老头儿一死，我就没有后顾之忧了！"

李胜出府以后，司马懿从床上一跃而起，叫出司马师、司马昭说："李胜肯定把我的病情告诉了曹爽，曹爽从此是完全放心了。你二人加强探听，只等曹爽下次出去打猎，我们就在城中动手，除掉曹爽！"

处斩曹爽，军政大权尽属司马

司马懿装病瞒过曹爽之后，便日夜筹划，准备在适当的机会下手，突然袭击，期望一举成功。几年之后，这一机会终于来到了。

这一天中午，司马懿派出的长期隐藏在曹爽身边的一个家人送来一封信。信中说："明天一早，大将军曹爽要和三个弟弟一起，带领文武百官，陪同皇帝去祭扫高平陵（曹叡的陵墓）。扫完墓后，就在城外打猎，大约要十来天才能回来。"司马懿看了信，立即叫来两个儿子，商量怎样消灭曹爽。

大儿子司马师说："父亲，曹爽明天出城后，您可以亲自入宫，面见皇太后，将曹爽兄弟多年来胡作非为的事情一件一件地上告，请太后下诏同意削去曹爽兄弟四人的兵权。我和弟弟带领人马守住皇城门，让皇城内外消息不通，便能保证一举消灭曹爽！"司马懿说："你说的办法正合我心，只是我手头的兵力太少，皇城内又都是曹爽兄弟的部下守卫，人少了，恐怕应付不过来。”司马昭看了一眼司马师，笑着说：“父亲，我和大哥已经悄悄训练好一支队伍。他们都是些五湖四海的能人，有的是江洋大盗（在江河湖海抢劫行凶的强盗），有的是绿林好汉（聚集山林反抗封建统治阶级的人们。旧时也指聚众行劫的群盗股匪），个个武艺高强，而且忠心耿耿，只要我兄弟二人一声令下，一夜之中，就能集合起来。至少有三千人，父亲您看够不够用？”

司马懿听了两个儿子的话，禁不住把两个儿子左打量、右打量，觉得两个儿子非常能干，父子三人你看看我、我看看你，忽然之间，三人一齐发出了会心的大笑，“哈哈哈……”

第二天上午，曹爽和自己的三个弟弟曹羲、曹训、曹彦，带着三千御林军，陪着魏主曹芳，前呼后拥地出城扫墓、打猎去了。曹爽的心腹谋士何晏、邓飏、丁谧、毕轨，以及文武百官一同出了城。司马懿探听得曹爽的大队人马远去以后，立即带着自己的两个儿子和三千多人马，并将过去和自己一起南征北战的心腹家将分派在三千多人马中做头领，急急忙忙奔进皇城。他命令司马师、司马昭率兵守住皇城周边，司马懿则亲自带领几名心腹将领，来到自己的太傅馆中，请来了自己多年的老友司徒高柔，由高柔发给证件，让司马懿代行大将军职责。司马懿捧着大将军印，进驻曹爽的军营之中。军营中有许多将领都是司马懿过去的部下，一见司马懿来到，个个高兴，一时间欢声雷动，有的人甚至高呼：“欢迎司马大将军！欢迎司马大将军！”司马懿见自己的旧部这么怀念自己，也激动得热泪盈眶。他立即召齐自己的老部下，令他们各自管好本部人马，时刻准备听候调遣。为了稳住中军，司马懿又将曹爽的几个心腹大将分别看管起来，不让他们乱说乱动。稳住了大将军营寨，司马懿又以太傅兼大将军的身份，派太仆王观为中领军，接管了曹羲的禁卫军军营，把皇城里外都封锁起来。

掌握军权后，司马懿将过去的老臣、旧臣们召集在一起，宣布说："曹爽兄弟专权，任用小人，为非作歹，给国家造成极大的混乱。现在，我要带领先帝的老臣去向太后请愿，削去曹爽兄弟的兵权，为朝廷清除祸害，大家同意我的话就随我一同去见太后！"这些老臣中，有不少都受过曹爽的排挤和压制，见司马懿带头行事，为自己出气，个个高兴，一致同意。于是，几十个老臣一路浩浩荡荡地来到后宫，求见皇太后。

这几年来，皇帝曹芳已经渐渐长大，和大将军曹爽成天混在一起，许多事情都由他们直接处理掉了，太后宫中便显得清静得很。郭太后是个在政治大事上没有多少主张的人，见皇帝不来麻烦自己，也就落得高兴清闲。这天听说几十个老臣进后宫求见，不免吃了一惊，连忙出来接见。

郭太后来到永宁宫大殿上，只见以司马懿为首的三四十名老臣跪在厅中，一大片人。太后慌忙传旨，让他们站起来说话。司马懿递上自己早已准备好的一份奏章，上面详细开列曹爽兄弟及亲信等人如何搜刮民财、强占民女，如何败坏政治、为非作歹，甚至想造反、自己当皇帝等。太后看了这份奏章，一时间吓得惊慌失措，问司马懿："太傅，你是国家的老臣，你看这事应该怎么办才好？"司马懿说："当前最好的办法是及时废掉曹爽的大将军职位，夺回他兄弟四个所占有的兵权，通令全国！"郭太后说："今天上午，曹爽兄弟四人和皇上一道出城打猎去了。如果逼急了，他们对皇帝不利，那又怎么办？"司马懿说："请太后放心，老臣已有除灭奸臣曹爽的计策了！"随行的几十人一起向太后说道："太傅多年保国立功，深通谋略，前三代皇帝在世时，都把国家大事交给他处理。今天只要太后下一道诏书，让司马懿全权处理朝政，自然会圆满解决这次内乱！"郭太后立即传旨："太傅司马懿总领朝政，国家一切大事，均由司马懿决断；除灭奸臣、救护皇帝回宫等事，一同交给太傅司马懿办理！”

司马懿领了太后的诏书，出了后宫，紧急召见太尉蒋济、中书令司马孚（司马懿的弟弟），写成一道奏章，派人送出城外，直接交给皇帝曹芳，自己则率领精兵守住国家的兵器库。

送出给皇帝的奏章后，司马懿又召来许允、陈泰二人，对许、陈二人说：“你俩现在快点出城，对曹爽说明，我在城中起兵，没有别的意思，只是因为许多老臣不服曹爽，非要让我重新主持朝政不可，我迫不得已才这么做。我保证，只要曹爽兄弟四人交出兵权，大家就相安无事。”许允、陈泰接受了司马懿的任务，匆匆出了皇城。司马懿又召来殿中校尉尹大目，对尹大目说：“我这次起兵，实际上是迫不得已。现在太尉蒋济和我在一起，我俩指着洛水河发誓，只要曹爽兄弟交出兵权，我们保他一家平安！你和曹爽历来交情不错，请你以国家大局为重，多多说服曹爽。”尹大目确实和曹爽交情不错，对司马懿也很尊敬，现在见司马懿这么诚恳，表示一定尽全力去说服曹爽。当即，蒋济写了一封亲笔信，和司马懿两个人共同签名，尹大目带着书信，飞奔出城，来找曹爽。

曹爽在城外正在打猎，兴致很高。忽报：“城内发生兵变，太傅司马懿有奏章给皇上！”曹爽慌忙接过奏章，拆封一看是司马懿和一班老臣给皇上的奏章，曹爽命近臣就在马前宣读。奏章说：“我司马懿当年和曹爽一起受先帝托孤，共同辅助皇帝，可是曹爽败坏朝纲，兄弟专权，任用奸臣小人，普天下人愤愤不平。我们认为，曹爽辜负了先帝的期望，并且犯有许多欺君罪行，不能再总领兵权，应该及时废除。我们几个老臣已经到永宁宫征得了皇太后的同意，立即削掉曹爽兄弟四人的兵权，免职后回家听候处理，如不遵从，便以军法治罪。特此上表，请皇帝裁决！”

曹芳听了这段奏章，问曹爽："太傅的意见是这样的，你看怎么办？"曹爽早已心乱如麻，见皇帝没有一点为自己做主的意思，便回头问自己的弟弟曹羲、曹训怎么办。曹羲说："我曾多次劝你，不要经常外出打猎，你就是不听。司马懿诡计多端，诸葛亮都胜不过他，我兄弟更不是对手，现在已经没有办法了。我们兄弟只能自捆自绑，到城中求太傅留一条活命，说不定还有救。"正在商量，城中有人奔出，告诉曹爽说："太傅司马懿夺了大将军营，亲自领兵驻扎在洛水浮桥桥头。太傅的两个儿子司马师、司马昭领着数千人马，把皇城围得水泄不通！"这时，大司农桓范逃出城来到曹爽的面前，对曹爽说："太傅司马懿已经起兵造反，您现在还是大将军，手中握有兵权，皇帝又跟您在一起。当前最好的办法是，您立即保皇帝，移到许昌去住，用兵符调集外地兵马共讨司马懿，努力恢复旧秩序！"曹爽说："我兄弟四人全家老小都在城中，我们逃到外地，他们怎么办？"桓范说："您今天如果不及时外逃，就只有死路一条，更没办法救活全家老小。如果您以天子的名义号令天下，哪个敢不响应？如果大事成功，不但您兄弟四人性命保住了，全家老小说不定也都有救，请您不要再犹豫了！"曹爽从小到大，一直过着优裕的生活，从来没干过大事，现在乍一听说这么大的变化，早已没了主意，只是不断流泪、唉声叹气，对桓范说："让我再仔细想想……"

不一会儿，尚书许允、陈泰来到，对曹爽说："太傅只因大将军军权太重，天下人议论纷纷，怕生出意外的变化，在大家的压力下才发兵起事，目的只是要大将军您交出兵权就可以了！请您早早回城，太傅还在等您回去商量大事！"曹爽听了这番话，很想同意这个提议，便放弃了到许昌起兵的念头。又过了一会儿，尹大目捧着太尉蒋济的亲笔书信来到，又将许允、陈泰刚才说过的话说了一遍。曹爽看了蒋济的书信，便打定主意，准备交出兵权，求得一条活路。这时，桓范等人又来催曹爽快快拿定主意发兵，曹爽说要考虑一下。曹爽从黄昏熬到第二天清晨，一直流泪不止，总是拿不定主意。最后，他终于扔掉腰间宝剑，对桓范等人说："我情愿不做官，交出兵权，过一辈子富裕清闲的日子！"

于是，曹爽解下了宝剑、大将军印章，拿出兵符，交给许允、陈泰，请他们将剑、印、兵符送到司马懿处，并说自己随后便到。曹爽部下见他已经失去了将印，大家一哄而散。曹爽回城时，只剩下曹羲、曹训两个兄弟陪着他，孤孤单单地回到城中。

司马懿收了将印兵符，将曹爽兄弟几人赶回家中，用大锁把门锁起来，每一家派一千士兵看守，不让一人出入，又把曹爽的一些心腹人员分别看管起来。

司马懿把曹爽的几名心腹谋士何晏、邓飏、李胜、丁谧、毕轨等一起抓起来，逐一进行审问，用酷刑逼供，迫使他们招供说：他们和曹爽商定，联手三月底起义，杀掉曹芳，因为曹芳不是先帝曹叡的亲生儿子，不能当皇帝，曹爽才是曹家的正宗后代，应该由曹爽来当皇帝……司马懿还对另外一些人进行逼供，迫使他们招认都是同谋，然后将所有的犯人全部下狱。

曹爽自从回城之后，不知道司马懿要怎么处置自己，心里很不安，决定试探一下，便写一封书信，请看守士兵送给司马懿，告诉司马懿家中缺粮，请送一点粮食来。第二天，司马懿便派人送了几千斤大米、面粉。曹爽非常高兴，告诉家人说："太傅对我很好，送来许多粮食，看来不久就要放了我们！"家人听了，都很高兴。可是，没等吃上司马懿送来的粮食，诏书下达，说曹爽兄弟图谋造反，命令将全家老小全部处斩，所有家产尽入国库。曹爽死后，魏主曹芳封司马懿为丞相，令司马懿父子三人共同管理国事。自此，朝廷的一切权力，全部落入司马父子手中。

废掉曹芳，以绝后患

公元 251 年秋天，司马懿年老体弱，得了感冒，谁知竟然一病不起。司马懿觉得自己的身体好不起来了，便将两个儿子叫到身边，嘱咐他们："我从辅佐魏武帝开始，经历了曹家四代人，时间长达四五十年，主上一直对我不放心，致使我几起几落，受尽了磨难；别人也多说我有反叛魏主的想法，我日夜提心吊胆、小心谨慎地办好国家大事，善始善终，最后当到了太傅，我已经心满意足了。现在又活到七八十岁的高寿，完全可以放心离开人间了。唯一不放心的是你们兄弟二人。你二人比我年轻时强多了，但是要担当起治理国家的大任来，还有一些事情要交代清楚。第一，你兄弟二人遇事要谨慎、小心，不可鲁莽；第二，不要太露锋芒，免得遭人忌讳；第三，要时刻掌握军权，无论什么时候都不能松手，这是根本；第四，兄弟二人要团结一心，要把宗族中人笼络起来，不要让外人有空子可钻。最后，你兄弟二人一定要尽心尽力辅佐魏主，不能做出任何叛逆的事情，保住我一世英名！千万牢记！千万牢记！”交代完了之后，司马懿便撒手归天了。司马师、司马昭兄弟二人在父亲灵前哭了一阵，便披麻戴孝，向魏主曹芳报告父亲的死讯。魏主曹芳深感悲痛，封司马师为大将军，总领全国军队，主持国家机密大事；封司马昭为骠骑上将军，兄弟二人共同主持朝政。

司马师、司马昭办完父亲的丧事，上任之前，一起商量今后的施政方针。司马师说："二弟，父亲临终前对我们交代的几条，我二人要时刻牢记，其中最重要的是小心谨慎地掌握军权，不能让外人钻空子。现在，我俩共同掌管国家大事，千万不可疏忽！”司马昭说："大哥，以父亲的功劳，比当年的曹操高出许多，可魏主只是按一般的大臣待遇对待我父亲，我心中常常感到不平。父亲虽然安守本分，不过我看他是人老了，雄心壮志消磨得差不多了！我二人要吸取父亲一辈子几上几下的教训，该下手的时刻就下手，不能被别人玩来玩去！”司马师高兴地说："你我见识相同，今后只是照这么办就行了！”

司马师、司马昭兄弟二人在当政的这段时间里，大权独揽，对谁都不客气，朝中的文武大臣人人害怕，连皇帝曹芳见了司马师兄弟俩，都不自然地遍身流出冷汗。

一天，司马师出征回朝，身穿战袍，腰佩宝剑，直接上朝来见皇帝。魏主曹芳见司马师带剑上朝，心中莫名其妙感到一阵紧张，连忙从座位上站起来，走下台阶迎接，并说："大将军远征，辛苦了，辛苦了！”司马师挺胸抬头，站在中间笑着说："皇上请坐，哪有皇帝站起来迎接大臣的道理！您尽管稳坐！”司马师说完话，不等皇帝坐下，自己已经一屁股坐下，转脸对两旁的文武大臣说道："我领兵出战这段时间，没过问国事，大家辛苦了！”大家异口同声地说："大将军辛苦！大将军劳苦功高！”司马师高兴地点点头，曹芳坐在位子上，心中感到十分不自在。

只听司马师问："最近，朝中有什么大小事情，请大家提出来，早做决断！"于是，大臣们将朝中发生的事情一一奏告皇上，司马师不等皇上表态，立刻做出处理意见。奏完一件，司马师接过奏章，就在曹芳的面前，拿过朱笔，一件一件批办。奏得快、办得快，皇帝变成了局外人，而司马师却忙得不可开交。不多时，大臣们奏事完毕，司马师挥挥手："散朝！"随即站起身，对魏主曹芳拱拱手，整理了一下衣帽，缓步走出大殿。在司马师出门之后，文武百官这才一个接着一个退出大殿。

眼看着大臣们随司马师前呼后拥地走出大殿，曹芳坐在大殿上，像个木偶一样，发了好半天的愣才醒过神来，慢慢起身，退入后宫。回头看看，自己身边只跟着三个人，一个是太常卿夏侯玄，一个是中书令李丰，一个是光禄大夫张缉。张缉也是皇帝曹芳的岳父，张皇后的父亲。曹芳将这三人请进密室，双目流泪，拉着张缉的手说："司马师上朝带剑，下朝骑马坐车，前呼后拥，我这个皇帝简直是个泥菩萨。司马师从来没把我当皇帝看，文武百官个个奉承司马师，这样下去，不要多久，天下就是司马师的了！"说完话，曹芳伤心地哭不出声音来。李丰、夏侯玄、张缉三人一起跪倒，声泪俱下。三人大声地说："请皇上传旨，我三人愿号召天下英雄，发兵讨贼，不杀掉司马师，誓不罢休！"

曹芳见这三人忠心耿耿，自己哭了一会儿，收住眼泪说："你们虽然忠心，只怕没有剿除司马师的实力！"三人哭道："只要皇上您下定决心，给我们一道诏书，我们一定齐心合力，会集天下英雄人物，消灭国贼！"曹芳脱下自己贴身穿的龙凤汗衫，一口咬破食指，用血指写下一道诏令："令张缉、李丰、夏侯玄全力讨贼，除灭司马师！"又在汗衫上盖了自己的私印。曹芳将汗衫递给张缉，对张缉说："你们千万小心。汉献帝时，董承谋杀先祖父，因保密不够，事情泄露，招致杀身之祸，你三人千万小心！”李丰说：“皇上请放宽心！司马师怎能比得上先祖魏武帝！我等也比董承强过千倍！”

张缉等三人辞别曹芳，走出皇城，刚到东华门左侧，忽听得人马喧闹而来，原来是司马师带着好几百人走了过来。只见司马师骑着高头大马，明盔亮甲、威风凛凛，张缉三人慌忙站到道路两侧，垂首站立。司马师勒住马，问张缉：“你三人怎么到现在才退朝？”张缉答道：“散朝后，皇上请我三人到后宫读书。”司马师问：“读什么书？”李丰说：“读的是夏、商、周三代的古书。”司马师问：“书中讲什么？”李丰说：“书中讲周武王死后，周公辅佐天子的事。我们说，司马大将军就是我朝的周公！皇帝很高兴。”司马师嘿嘿地冷笑了一声，说道：“你三人口是心非！刚才在后宫为什么哭？”张缉、夏侯玄、李丰齐声说：“没有的事！我们怎么会哭呢？”司马师道：“你三人眼睛红肿，脸上泪痕还没干透，却还想抵赖没有哭过？给我老老实实地说！”

这三人中，夏侯玄性情最急，也最沉不住气，大声骂道：“我三人为什么要哭，你自己心里明白！你目无皇帝，目无大臣，早晚要毁掉我大魏国的江山！”司马师大怒，回头对自己身后的武士说：“给我将这三个人捉住！”夏侯玄见事情已经不可收拾，把衣袖一卷，纵身一跳，跳到司马师马前，要把司马师从马上拖下来。没等夏侯玄伸手，早已拥上几名武士。这些人都是司马师训练多年的心腹，个个勇猛，夏侯玄根本不是对手，三两下，就被按倒在地，一条绳索绑得结结实实。另一边，李丰和张缉还没来得及反抗，也被绑了起来。司马师下令：“搜身！”在张缉身上搜出了曹芳的血书，原来是号令天下人共同讨伐他们兄弟俩。司马师大怒：“苍天有眼！我兄弟二人尽力保国，你们这些小人却还要谋害我！天理难容！”命令将三人带回府中，明天斩杀。士兵将张缉等三人拴在马车后面，拖回大将军府中，第二天中午押到刑场上腰斩示众。在押往刑场的途中，三人边走边骂，司马师命令士兵掌嘴，士兵越打得凶，三人越骂得厉害，一直将三人牙齿打光，割掉舌头，三人才算骂不出声。司马师又将三人的全家、亲戚老小等全部杀头，弄得全国上下人人害怕。

处置了张缉等三人后，司马师心想：现在还有张缉的女儿在皇帝身边，早晚是个祸害，必须趁机杀掉。便腰佩宝剑，率领一支队伍来到皇宫。曹芳已经知道了张缉等三人全家被杀的事情，和张皇后心惊肉跳地等在宫中，不知道什么时候事情会牵连到宫中来。皇帝与皇后两人成天你看我，我看你，吃不下，睡不安。

这天上午，曹芳正和张皇后对坐闲谈，忽见司马师佩着宝剑，带着一队禁军进来，两人慌忙站起来迎接。司马师问："皇上，我父子两代，保你为皇帝，劳苦功高，不求报答，你为什么要和几个小人商量谋害我兄弟？"曹芳结结巴巴地说："大将军您……您……您是听谁说的？我怎会害您呢？"司马师从衣袖中取出汗衫说："现有证据在此，这是哪个写的？"曹芳吓得说话都不灵活了，说："这、这、这、这是被别人逼着干的……"司马师说："我知道这是谁的意思！一定是她！"用手一指张皇后："一定是她干的！给我拖出去绞死！"曹芳跪在地上，抱着司马师的腿说："请大将军饶命！"司马师把手一挥："皇上请起来，这个女人非杀不可！武士们，立即拖出去！"众武士如狼似虎地冲上前来，拖走了张皇后，在东华门外用白绫绞死。司马师给张皇后定的罪名是"诬陷大臣造反"！

杀了张皇后，司马师回到府中。司马昭说："大哥，只杀了皇后还不行，皇帝必定已经恨透了我们兄弟，不除去皇帝，说不定哪一天会对我们不利！"司马师点头说道："兄弟说得对，必须把曹芳废掉，另选一个人来当皇帝！"一番筹划之后，司马师采取了行动。

这一天，太后在太极殿设朝，司马师兄弟率领文武大臣来拜见太后。太后传旨，将皇帝曹芳叫到殿中，太后当面拿出诏书，让内侍宣道："皇帝无德，不能再统治天下，现在夺去皇帝称号，封为齐王，从今天起，立即交出玉玺大印，离开京城！"曹芳磕头领旨而去。

司马师立即下令：请高贵乡公曹髦（máo）进太极殿。曹髦来到宫门外，司马师率领文武百官排列两旁，低头迎接。曹髦见司马师在场，立即要跪下磕头，司马师将曹髦扶起，领他见太后，曹髦跪地听诏。太后说："你从小便长了一副帝王的相貌，现在，曹芳已被废除，立你为皇帝，你一定要吸取前代帝王的教训，好好当皇帝！"

曹髦当皇帝后，大赏群臣，对司马师待遇特别优厚。司马师上朝，可以不像别的大臣那样低头弯腰、小步快走，可以带剑上殿，可以随时和皇帝商量任何事情。司马昭可以帮助司马师共同处理军国大事。

司马昭之心，路人皆知

公元 255 年 2 月，司马师病情加重，便一面率军马回许昌休养，另一面派心腹使者到洛阳请弟弟司马昭来许昌商量后事。

没几天，司马昭火速赶到，司马师拉住司马昭的手说："二弟，我本想和你共同创下江山，同享富贵，谁知身体支持不住了，后事、家族只有靠兄弟你一个人担当了！我现在大权在握，文武大臣有的害怕有的恨，我一旦丢掉手中权力，就会死无葬身之地。如果不保住现在的权力，我司马家族将来也难保住！这是兵符、将印，交给你，你好好地干下去！兵权不能交出，否则就会大祸临头！"司马师一口气说完要交代的话，便气绝而死。

几天后，皇帝曹髦传诏：让司马昭办完司马师的丧事后，就在许昌驻扎，操练兵马，防备东吴进攻。司马昭接诏后，办完丧事，一直犹豫，不知是回洛阳好，还是按皇上的旨意留在许昌好。秘书郎钟会看出了司马昭的心思，对司马昭说："大将军司

马师刚刚去世，您刚刚接掌军权，朝廷中人心还没全部安定，您如果住在这里不动，万一朝廷内部发生内乱，您将来不及应付，那时后悔就来不及了！”司马昭经钟会这么一提醒，恍然大悟，立即传令：“大军返回洛阳，在洛水南岸安营驻扎！”

曹髦本来设想：司马师死后，让司马昭留守许昌，朝中大事，选一个宗族中的人来管理，分掉司马家族的一部分权力，免得将来生乱。这才发出一道让司马昭留守许昌、防备东吴的诏书。不料没几天，大臣报告：“司马昭率大军二十万，返回洛阳，现在在洛水南岸扎寨，不知何意！”曹髦大惊，连忙召集大臣询问，太尉王肃历来和司马师关系较好，乘机奏道：“司马昭已经继承哥哥掌了全国兵权，实际上已经担任起大将军的职务。现在率兵回洛阳并不是有其他意思，恐怕是担心别人加害，所以才这么做的，他的目的是示威。现在最好的办法是给他正式任命，让他安心治理国家大事。”曹髦原意并不想答应王肃的提议，可又想不出更好的办法，其他大臣也同意王肃的提议，曹髦想来想去，只得下一道诏书，封司马昭为大将军，录尚书事（相当于宰相），总管军政大事。派太尉王肃直接去司马昭兵营中宣读。司马昭接到诏书，进城向皇帝当面谢恩，把军队分派到各地，自己坐镇都城。从此，魏国朝中大小事情又全部归司马昭管理。

公元260年夏天，司马昭已经在魏国扎下了根基，准备起兵灭蜀国。中护军贾充说：“大将军您不可离开都城！您知道吗？皇上正在怀疑您，如果您离开都城，都城恐怕会发生内乱，那时就来不及了！”司马昭问：“怎知道皇上正在怀疑我呢？”贾充说：“去年在宁陵井中，两次看到黄龙显形，大臣们向皇帝祝贺，说是好兆头，但皇帝却很不高兴。他说，‘龙，不在天上，就在海中，这才是吉利的兆头，而现在龙却在井底下待着，既不能飞，又不能游，泥鳅、黄鳝都可以侮辱他，小鱼、小虾都可以戏弄他！这正是我现在的处境，有什么好的！’皇帝还作了一首《潜龙诗》，诗中分明对大将军您十分不满，如果您这时候离开京城，正好被别人下手！”司马昭大怒，说道：“这个曹髦如果不早点除掉，早晚他要对我下手！”贾充说：“我愿意帮助您办成这件事！”

这一天，司马昭带剑上殿，曹髦起身迎接。贾充大声奏道：“大将军护国有功，应该加封为晋公！”贾充一说话，大臣回应，曹髦却不说话。司马昭一手按着剑柄，大声喝道：“皇上！从我父亲司马懿开始，到我哥哥司马师，我父子三人为魏国立下汗马功劳，难道连一个晋公都不封吗？”曹髦连忙说：“可以！可以！我马上下诏，马上下诏！”司马昭又说：“《潜龙诗》中，为什么把我比作泥鳅、黄鳝，是什么道理？”曹髦无话可答，司马昭一声冷笑，转身离去，文武大臣个个心惊肉跳！

曹髦散朝，回到后宫，传来侍中王沈、尚书王经、散骑常侍王业三人。曹髦说：“司马昭早晚要谋反，他的心事，任何人都看得出来，我不能眼睁睁看着他除掉我。你们给我帮忙，杀掉司马昭！”王经连忙阻止说：“皇上，千万不可太急，司马昭现在掌握大权，一时半会儿除不了他，而且您手下没有得力的将士，闹不好反而坏事，只能慢慢想办法！”曹髦咬牙切齿地说：“不行！我已经不能再等了！我今天就要杀了他！杀不了司马昭，我这个皇帝当着也没意思，死了还好些！”说完，便怒气冲冲地奔进太后宫中，要向太后报告。这一边，王沈、王业对王经说：“我们赶快去向司马昭报告，要不然大将军会怪罪我们的！”王经大怒，将二人痛骂一顿。王沈、王业急急忙忙向司马昭报告去了。

曹髦回到后宫，向太后报告，要去杀司马昭，太后阻止他，他也不听。他手执宝剑，坐在车上，率领三百多乌合之众，摇旗

呐喊，直奔云龙门而去。曹髦来到门前，只见贾充领着几千铁甲禁兵，率领成倅、成济二员大将迎了过来。曹髦在车上大叫："我是天子！你们让开，哪个敢挡我路，就是造反！"禁兵认得是皇帝，都不敢动，一时间停住了脚步。贾充大喊道："成济！司马公养你多年，今天，用你的时候到了！还不下手？"成济手握兵器，问贾充道："是要活的？还是要死的？"贾充道："司马公有令，只要死的，不要活的！"成济一个箭步冲上前，一戟刺穿了曹髦的胸膛，曹髦立刻死在车上，跟随的老弱残兵一哄而散。

曹髦一死，司马昭很快便赶到，故意假装痛哭，问尚书仆射陈泰说："皇上被杀，这事您看怎么处置才好？"陈泰知道是司马昭下令杀死曹髦的，但出面的是贾充，贾充也是司马昭的心腹。陈泰愤怒地说："必须杀了贾充，才能平息民愤！"司马昭说："请您再想想有没有其他办法！"陈泰大声说："没有其他办法！必须杀贾充！"司马昭说："是成济杀了皇帝，先杀了成济再说！"成济大惊，喊道："是贾充传你的命令叫我干的！不怪我！不怪我！"成济一面喊，一面骂。司马昭命令割掉成济的舌头，立即处斩。

杀了曹髦，司马昭与贾充等心腹大臣商量由谁来当皇帝。贾充说："司马公您功德如山，不如废了魏皇，自己当皇帝算了！"司马昭说："我不能做这个事，当年，曹操不愿取代汉朝，今天我也不愿取代魏朝。"贾充一听，心里非常清楚：曹操不取代汉朝，而他的儿子曹丕却当了皇帝；司马昭今天不当皇帝，意思是将来让儿子司马炎当皇帝。贾充于是不再劝说。

司马昭决定，立曹璜为皇帝，曹璜是曹操的孙子。司马昭让曹璜改名为曹奂，又让曹奂加封自己为相国、晋公，还赏赐了大量的金银财宝。

司马炎称帝，天下归司马

公元 264 年春天，司马昭消灭了蜀国，俘获了蜀国皇帝刘禅，率领得胜兵马浩浩荡荡回到了魏国都城洛阳。魏主曹奂亲自出城迎接，文武官员和欢迎的人群队伍排成十几里路的长队。司马昭坐在车上，趾高气扬，得意扬扬。

司马昭还朝，早有一班文武大臣给皇帝上表说："晋公司马昭，率领大兵数十万，内理国政，外灭敌寇（侵略者；入侵的敌人）；最近又收复了蜀国，实现了魏国祖上几代都未能实现的梦想，功劳比天还高，应该封司马昭为晋王，借此机会鼓励忠臣，永保江山！"曹奂这时候只是名义上的皇帝。他想："我当皇帝时，司马昭连我的名字都要改，我本名叫曹璜，叫得好好的，他非要给我改成曹奂，'奂'和'换'同音，他早就想把我'换'下去。这一帮掌握大权的文臣武将又都是司马昭的人，他想干什么还不就可以干什么！你要当晋王，当就是了！我这个皇位只怕早晚也是你的！"一赌气，曹奂提起笔来龙飞凤舞地写了一道诏书，封司马昭为晋王，追封司马昭的哥哥司马师为景王。诏书一下，司马昭和他的一些心腹大臣兴高采烈，大吹大擂地庆祝了一段时间。

司马昭当了晋王以后，再也不用上朝去向皇帝曹奂请示了，无论大小事情，都在自己的晋王府中办理。封自己的大儿子司马炎为世子，立自己的妻子王氏为王妃，朝中的文武大臣有什么事情都到晋王府中来报告，晋王决定了的事情，也不用去告诉皇帝曹奂了。相反，曹奂不管要干什么，总要先来告诉晋王司马昭，得到司马昭的同意之后，才能照办。这时候，任何人都知道：魏国名义上的皇帝是曹奂，实际上的皇帝早就是司马昭了。

于是，有一班大臣想出一个办法，要让司马昭逐步取代皇帝，便联名给司马昭写了一道奏章，说："去年，从天上下来一个神人，身材有两丈多高，赤着脚，脚印有三尺二寸长，白头发，黑胡须，身穿黄色长袍，拄着一根藤子拐杖，在集市上游走。人们去看他，他说，'我是老百姓的大臣，现在我告诉你们，天下必须要换一个皇帝，才能太平！'这个神人在集市上游走了三天，突然之间便不见了！这是一个兆头，这个兆头说明天下要换主，正好应该由晋王来主管天下——所以，晋王可以名称不变，但实际上应该行天子的职责。从今天起，晋王应该戴上皇帝的帽子，乘皇帝用的车马，用皇帝的旗号，立王妃为王后，改世子为太子。这样就应了神人的预言，天下也就太平了！"司马昭见大臣们这样要求，心想："这样做下去，自己不就已经是皇帝了嘛！父亲去世前，不要我当皇帝，不要给他留一个坏名声；我现在叫晋王，实际上就是皇帝，这既符合父亲的要求，又合我的心思，正好！"司马昭立即点头同意。

办了这件事，司马昭非常高兴，中午吃饭时还处在兴奋状态之中。他忽然感到面部神经抽搐，嘴张不开，话不能说，脚不

能动，头昏昏沉沉，随即从饭桌上摔倒在地。佣人们七手八脚将他扶进卧室，睡了一天，病势更重。司马昭觉得自己的寿命要尽了，立即传令将心腹大臣贾充、王祥、何曾等人召进宫中，一手指着自己，一手指着几个大臣，又指指自己的儿子司马炎，嘴唇动了几下，便死去了。

司马昭一死，何曾、王祥等扶持司马炎登上了晋王位。司马炎追封父亲司马昭为文王，封何曾为丞相，司马望为司徒，石苞为骠骑将军，晋王手下的大臣设置已和皇帝的规格完全相同。

过了一段日子，司马炎召贾充、裴秀二人进宫，问贾充说：“当年，曹操是不是说过这样一句话，‘如果上天把天下交给我的话，我情愿当个周文王！’是不是？”贾充说：“是的！曹操祖上三代都是汉朝大臣，当时曹操威势极大，人们都说他想当皇帝，所以他才说了上面那句话。这话的意思很明显，他只能当个王。历史上，周文王讨伐殷商，自己不当皇帝，最后他儿子武王当了皇帝。曹操这么说的意思就是要让儿子曹丕当皇帝，后来果然是曹丕当了皇帝！”司马炎问：“我的父王和曹操比，哪个功劳大些？”贾充说：“曹操当年消灭了许多地方势力，统一了中原，功劳很大。但是老百姓们只是怕他，并不爱戴他。到曹丕当皇帝，税收很多，老百姓负担太重，人民生活很苦。您的父王司马昭不仅把中原治理得国富民强，还消灭了西蜀，普天下人人称颂，这份功德不但是曹操比不上的，就是古代贤明的开国帝王，也很难比得上！”司马炎说：“这样说来，曹丕能够接受汉朝皇帝的封号来建立魏国，我不是也可以接受魏国皇帝的封号来建立晋国吗？”贾充、裴秀二人双双跪倒说：“您正应该早早筑坛，请曹奂让位！”司马炎大喜道：“好！这件事就请你二人代我办理！”

第二天，司马炎带长剑进入曹奂的后宫，曹奂已经很长时

间没设朝议事了，这时正和几个内臣坐在一起闲谈，看到司马炎带剑进来，连忙起身迎接。司马炎坐下后问道："当今魏国的天下是怎么来的？"曹奂说："当今魏国天下，全是您祖父、伯父、父亲三人打下来的。"司马炎笑问："你的能力怎么样？"曹奂摸不清司马炎问这句话的意思，只好笑着说："我的文才武力都很一般……"司马炎紧逼说道："你既然文不能治国，武不能安邦，为什么还要当这个皇帝呢？我看你不如早一点退位，让给有本事的人来当算了！"曹奂听司马炎说出了这一番话，惊得目瞪口呆，说不出话来。黄门侍郎张节站在旁边，大声说："天下是魏国的天下，当今皇帝有德有能，为什么要让给别人？"司马炎听了张节的话，心里很不高兴，索性撕破脸皮，大声说："胡说！天下本是汉朝的天下，被曹操、曹丕抢为自己所有，幸亏有我祖父、伯父、父亲三人南征北战，才保住了今天的江山。我今天要物归原主，代曹奂管理天下！"张节大骂道："那你就是造反！你就是国贼！"司马炎大怒："我正是要为汉朝报仇！来人，给我将张节这个狂徒乱棍打死！"司马炎话音未落，立即上来四五名武士，乒乒乓乓一顿乱棍，打得张节当场死去。曹奂吓得跪倒在地上，面如土色。司马炎一声冷笑，扬长而去。

曹奂见司马炎走了，贾充、裴秀二人站在自己身旁，战战兢兢地问："今天的事，你们都亲眼看见了，你们看该怎么办才好？"贾充说："皇上，依我看来，天命就是这样，魏国也到尽头了，您不如将帝位让出，这样还能保得住自己全家性命，否则……"裴秀也在旁边附和。曹奂想来想去，只得长叹一声，同意让位。

司马炎当了皇帝，称国号为晋，追封祖父司马懿为宣帝、伯父司马师为景帝、父亲司马昭为文帝，封曹奂为陈留王。几年后，司马炎又平定了吴国，从此，动乱了几十年的天下再次统一起来。

司马懿
风云三国进阶攻略
司马

司马懿的韬略

在三国后期，许多早年的英雄人物都已离世，唯有诸葛亮和司马懿的斗智、斗勇使人印象深刻。我们可以设想，魏国若没有司马懿，三国最后的结局还很难预料。

司马懿的韬略表现为他有很好的“大局观”，即他善于统观整个局势，然后找出应对的策略。司马懿出身于河内望族，当他出仕的时候，正值曹操当政，但他看不起宦官家庭出身的曹操，于是称病不出，后来在曹操的胁迫下，才勉强就职于曹操的丞相府。司马懿在许多重大问题上，提出了很好的建议，比如建议军队种田，使曹军粮食大增。奇怪的是，司马懿不愿当曹操的官吏，却与曹操的长子曹丕交好；曹丕篡汉为帝，司马懿就历任魏国的尚书、督军、御史中丞等要职。

史书上说，司马懿“内忌外宽，猜忌多权变”。事实上，他确实是表面上阴柔干练，骨子里却是诡谲凶残。在对内、对外方面，他的策略也不一样。在同诸葛亮的较量上，他以智勇为先，用尽各种手段，击退了诸葛亮的进攻；在同曹氏集团的较量上，他隐忍为本，绝不以战功自居，但却暗暗积蓄自己的力量，为后代不流血地取代政权奠定基础。

死诸葛吓跑过活仲达吗

“死诸葛吓跑活仲达——生不如死”，这是民间流传的一句歇后语。它的产生，也许受《三国演义》中有关情节的影响。诸葛亮自知不久于人世，便嘱咐杨仪："我死之后，不可发丧。可作一大龛，将吾尸坐于龛中；以米七粒，放吾口内；脚下用明灯一盏；军中安静如常，切勿举哀，则将星不坠。吾阴魂更自起镇之。司马懿见将星不坠，必然惊疑。吾军可令后寨先行，然后一营一营缓缓而退。若司马懿来追，汝可布成阵势，回旗返鼓。等他来到，却将我先时所雕木像，安于车上，推出军前，令大小将士，分列左右。懿见之必惊走矣。"实际上，历史上确实发生过死诸葛吓走活仲达的事。据《三国志》记载，诸葛亮死后，蜀军退兵，司马懿引军追来，姜维指挥蜀军突然掉转大旗，敲起战鼓，做出攻击魏军的样子，司马懿大吃一惊，以为中了什么计，甚至怀疑诸葛亮压根儿没有死，连忙退军。蜀军安然撤退。不过，这事说起来未免太丢司马懿的脸，于是当时魏国官方在修订《魏书》，记载诸葛亮之死时，就说成是诸葛亮无法打败司马懿，气得吐血而死。然而在唐代僧人大觉《四分律行事钞批》和元代的《三国志平话》中，都引用了诸葛亮死后吓跑司马懿的事，《三国演义》将它写得更加具体生动。

《反三国演义》及其他"补恨"之作

《三国演义》是历史小说，因此，小说中的主要情节、主要人物便不能与历史事实背离太远。尽管作者饱含感情，精心刻画了刘备、关羽、张飞、诸葛亮等理想人物，但最终统一天下的并非仁慈爱民的刘皇叔，而狡诈凶狠的曹操、司马懿之流却能为所欲为。这不能不使读者感到遗憾、不平。于是，好事者便纷纷操笔，或续、或改，在文学创作中出现了不少翻三国之案、泄自己心中之愤、为读者“补恨”的作品。其中较为著名的有《新刻续编三国志后传》、蒲松龄的《快曲》和民国周大荒的《反三国演义》。这些书要么写蜀国的后代兴汉灭晋之事；要么写诸葛亮统一三国，“出师已捷身才死”。大多是“泄愤一时，取快千载”之作。

三国的结束与晋朝的发展概况

公元 260 年，曹魏发生了一桩大事：身为魏帝的高贵乡公曹髦竟亲执刀剑，率领近侍数百人，讨伐掌握全国兵力的大将军司马昭，结果被司马昭的人马刺杀。像这样非同一般的政治事件，在晋人陈寿所写的《三国志·魏书·三少帝纪》中，只留下“五月己丑，高贵乡公卒”这几个字；但是在另一部史书《汉晋春秋》中，记载了一段曹髦在以身一搏之前，向他所信任的部属说的一句名言：“司马昭之心，路人所知也。”这句话，道出了司马家族的势力在当时已强大到足以取代曹魏的事实。司马昭是司马懿的次子，他继父亲及长兄司马师之后执掌魏国朝政。应该说，西晋王朝的建立，在司马懿、司马师、司马昭父子三人手中，已经具备了基础。就像曹魏的立国，在曹操手中已然创建完备一样。只是曹操和司马昭都是碍于当时的身份和舆论，把正式称帝的滋味，留给儿子去尝罢了。

司马炎是司马昭的长子。他不像其祖辈那样躲躲闪闪，嗣位后三个月，就急急指使部下用“禅让”的方式，把曹魏最后一位皇帝曹奂从皇宫里赶了出去，自己登上皇帝宝座，定都洛阳，开始了西晋王朝。公元 280 年，司马炎又灭掉吴国，从而结束了三国鼎立的局面，实现了中国的短期统一。

史书上记载，在举行禅让仪式的时候，“四夷”前来祝贺的有四万人之多。凤凰、青龙、白龙、麒麟等祥瑞之物，纷纷在各郡国出现，俨然是一派真命天子降世的景象。可是《晋书·宣帝纪》中却记下这样一段大煞风景的话：东晋明帝在与大臣王导谈论西晋建国的旧事时，发出“如果（西晋创建过程中的所作所为）真像您所说的那样，晋的国运，怎会长久得了”的惊叹。

的确，西晋初年，社会虽然相对安定，经济也得到了恢复，但是取得政权后的司马家族，骄奢淫逸远远超过前朝。中期由于外戚专权，引发了历史上著名的“八王之乱”。这场长达十六年的祸乱由宫廷政变发展到宗室贵族以兵戎相见，混战不止，愈演愈烈，后虽平定，但西晋也因此而大伤元气，步向衰落。西晋末年，各地流民和内迁的少数民族纷纷起来反晋，公元 316 年，匈奴贵族刘渊及其子刘聪灭亡了西晋。

晋宗室司马睿在南方建立东晋，定都建康（今南京）。东晋也曾进行一系列收复北方的战争，与南侵的前秦王苻坚还发生了一场著名的“淝水之战”。由于宗室内部的争权夺利，东晋日渐衰落，公元 420 年，大将刘裕废晋帝，建立南朝的宋朝，东晋亡。历史在政权更迭中不断前行。

三国大事年表

公元纪年	事　件
184	★ 刘备、关羽、张飞，桃园结义。 ★ 朝廷派军讨伐，张角病死，黄巾起义大致平定。
188	★ 袁绍为中军校尉，曹操为典军校尉。

续表

公元纪年	事　件
189	★ 汉灵帝逝世，皇太子刘辩继位为少帝。 ★ 大将军何进被宦官杀害，袁绍诛杀宦官两千多人。 ★ 董卓引兵入京，赶走袁绍，自任丞相。 ★ 董卓废少帝，立刘协为汉献帝。
190	★ 关东各州组成联盟，讨伐董卓，共推袁绍为盟主。 ★ 董卓焚烧洛阳，强逼汉献帝迁都长安。 ★ 曹操独自出兵，被董卓军打败。 ★ 关东联军解散。
191	★ 孙坚北伐打败董卓军，攻入洛阳，寻回传国玉玺。 ★ 袁绍从冀州牧韩馥手中夺取冀州。 ★ 孙坚攻荆州牧刘表中箭逝世，孙坚之子孙策投靠袁术。
192	★ 袁绍在界桥大败公孙瓒。 ★ 董卓被部下吕布及王允诛杀。 ★ 董卓旧将李傕、郭汜攻入长安，杀王允，打败吕布，挟持献帝。 ★ 曹操自任兖州牧，打败青州黄巾军，收三十万黄巾军为部下。
193	★ 曹操于匡亭打败袁术，袁术南逃至寿春。 ★ 公孙瓒斩幽州牧刘虞，统领全州。 ★ 曹操第一次东征徐州，大肆屠杀百姓。
194	★ 益州牧刘焉逝世，儿子刘璋继位。 ★ 曹操东征陶谦，吕布袭取兖州，曹操回师兖州。 ★ 吕布于濮阳和曹操对峙，互有胜负。 ★ 陶谦病逝，刘备继任为徐州牧。

续表

公元纪年	事件
195	★ 李傕、郭汜互相攻伐，势力日衰。 ★ 献帝开始从长安流亡回洛阳。 ★ 曹操收复兖州，吕布投奔刘备。 ★ 孙策起兵略江东，打败扬州刺史刘繇。
196	★ 吕布乘机占领徐州，刘备投降，驻守小沛。 ★ 孙策平定江东一带。 ★ 曹操入洛阳迎汉献帝，迁都于许昌。 ★ 刘备兵败投奔曹操，曹操任其为豫州牧。
197	★ 曹操东征张绣，大将典韦阵亡。 ★ 袁术称帝，建号仲氏，定都寿春。 ★ 袁术军攻打吕布大败。
198	★ 吕布攻打小沛，刘备兵败再投奔曹操。 ★ 曹操攻陷下邳，斩吕布、陈宫等。
199	★ 袁绍攻陷易京，消灭公孙瓒，统领冀、青、并、幽四州。 ★ 袁绍开始策划进攻曹操，曹操在官渡建立防线。 ★ 曹操派刘备截击大败袁术，袁术南撤时吐血而亡。 ★ 张绣归降曹操。 ★ 孙策东征大败刘表，统有江东六郡。
200	★ 董承行刺曹操的计划败露，被诛灭三族。 ★ 曹操东征大败刘备，收复徐州。 ★ 孙策被刺客杀死，弟孙权继承江东。 ★ 官渡之战曹操偷袭乌巢，大败袁绍。
201	★ 曹操于仓亭打败袁绍。 ★ 刘备被曹操打败，南投荆州刘表。

续表

公元纪年	事件
202	★ 袁绍病逝，幼子袁尚继位。 ★ 袁谭、袁尚兄弟互相仇视。
203	★ 袁尚打败袁谭，包围平原，袁谭向曹操求救。
204	★ 曹操打败袁尚，攻入邺城，袁尚败走幽州。
205	★ 曹操攻陷南皮，斩袁谭。
206	★ 曹操攻下壶关，斩并州刺史高干。
207	★ 袁尚、袁熙投奔乌桓，曹操北征大败乌桓。 ★ 辽东公孙康斩袁尚，袁熙归降曹操。 ★ 曹操统一中国北方，于邺城建铜雀台。 ★ 刘备三顾草庐，请诸葛亮为军师。
208	★ 曹操废三公，自为丞相。 ★ 荆州牧刘表逝世，儿子刘琮继位。 ★ 曹操南征荆州，刘琮投降。 ★ 曹操大败刘备于长坂坡。 ★ 孙权大将周瑜于赤壁大败曹操，曹操逃回北方。
209	★ 周瑜夺取南郡，控制荆州中部。 ★ 孙权进攻合肥，未能取胜。
210	★ 周瑜逝世，鲁肃继任其职。 ★ 刘备夺取荆州南方四郡，孙权借南郡给刘备。
211	★ 益州牧刘璋邀刘备入蜀抵抗汉中张鲁。 ★ 曹操打败马超、韩遂，逐渐占有关中地区。
212	★ 刘备与刘璋反目，占据涪城，进攻雒城。

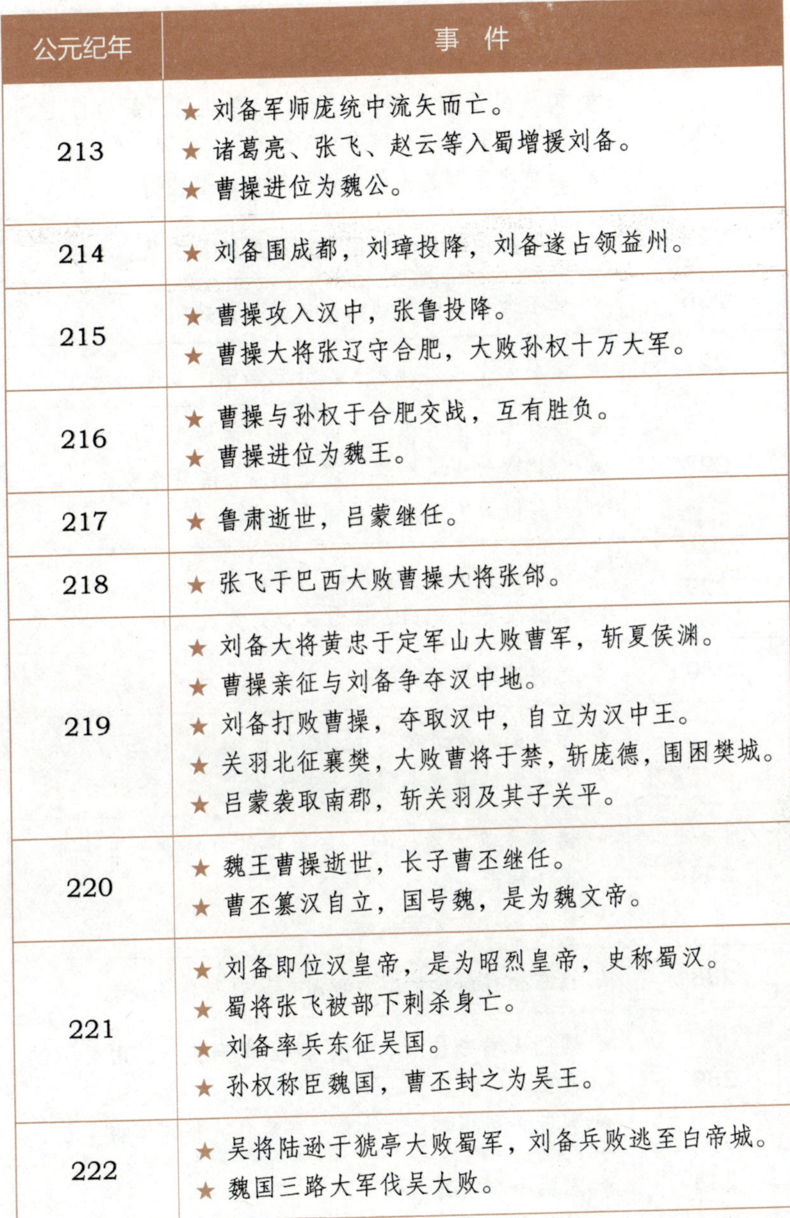

续表

公元纪年	事 件
213	★ 刘备军师庞统中流矢而亡。 ★ 诸葛亮、张飞、赵云等入蜀增援刘备。 ★ 曹操进位为魏公。
214	★ 刘备围成都，刘璋投降，刘备遂占领益州。
215	★ 曹操攻入汉中，张鲁投降。 ★ 曹操大将张辽守合肥，大败孙权十万大军。
216	★ 曹操与孙权于合肥交战，互有胜负。 ★ 曹操进位为魏王。
217	★ 鲁肃逝世，吕蒙继任。
218	★ 张飞于巴西大败曹操大将张郃。
219	★ 刘备大将黄忠于定军山大败曹军，斩夏侯渊。 ★ 曹操亲征与刘备争夺汉中地。 ★ 刘备打败曹操，夺取汉中，自立为汉中王。 ★ 关羽北征襄樊，大败曹将于禁，斩庞德，围困樊城。 ★ 吕蒙袭取南郡，斩关羽及其子关平。
220	★ 魏王曹操逝世，长子曹丕继任。 ★ 曹丕篡汉自立，国号魏，是为魏文帝。
221	★ 刘备即位汉皇帝，是为昭烈皇帝，史称蜀汉。 ★ 蜀将张飞被部下刺杀身亡。 ★ 刘备率兵东征吴国。 ★ 孙权称臣魏国，曹丕封之为吴王。
222	★ 吴将陆逊于猇亭大败蜀军，刘备兵败逃至白帝城。 ★ 魏国三路大军伐吴大败。

续表

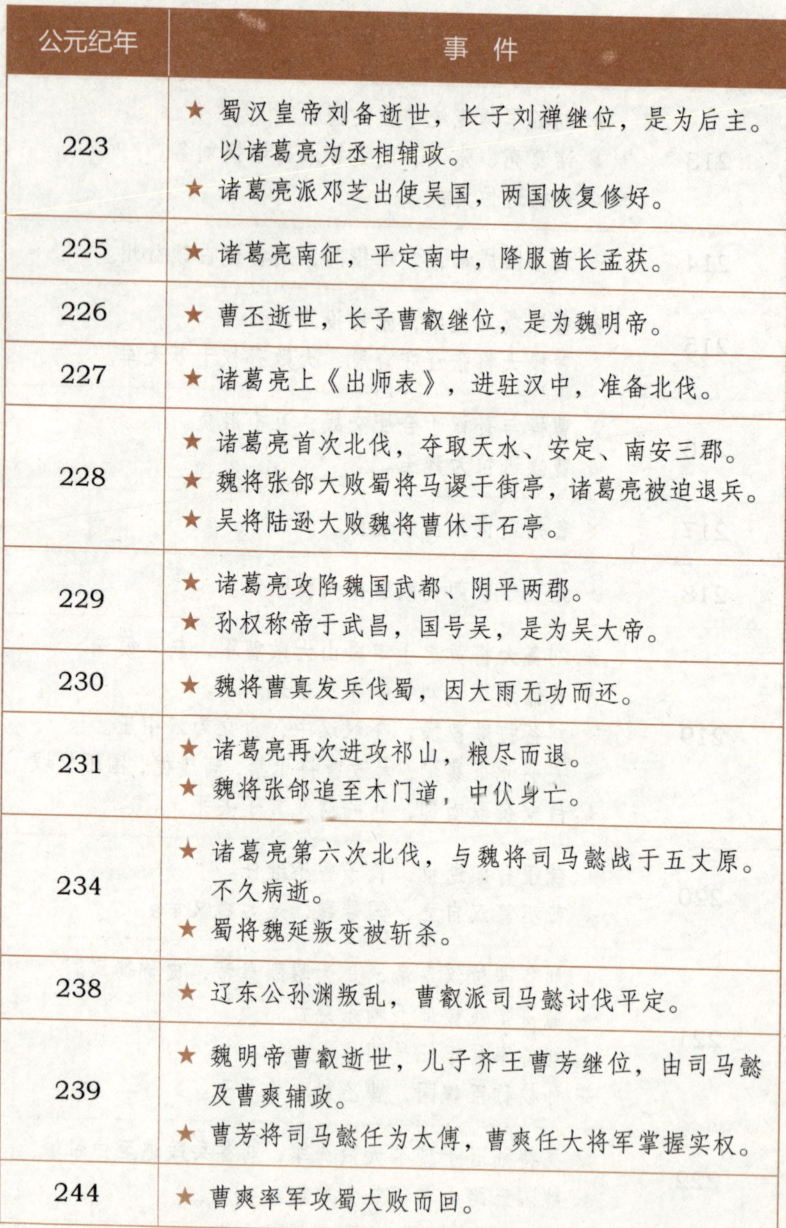

公元纪年	事件
223	★ 蜀汉皇帝刘备逝世，长子刘禅继位，是为后主。以诸葛亮为丞相辅政。 ★ 诸葛亮派邓芝出使吴国，两国恢复修好。
225	★ 诸葛亮南征，平定南中，降服酋长孟获。
226	★ 曹丕逝世，长子曹叡继位，是为魏明帝。
227	★ 诸葛亮上《出师表》，进驻汉中，准备北伐。
228	★ 诸葛亮首次北伐，夺取天水、安定、南安三郡。 ★ 魏将张郃大败蜀将马谡于街亭，诸葛亮被迫退兵。 ★ 吴将陆逊大败魏将曹休于石亭。
229	★ 诸葛亮攻陷魏国武都、阴平两郡。 ★ 孙权称帝于武昌，国号吴，是为吴大帝。
230	★ 魏将曹真发兵伐蜀，因大雨无功而还。
231	★ 诸葛亮再次进攻祁山，粮尽而退。 ★ 魏将张郃追至木门道，中伏身亡。
234	★ 诸葛亮第六次北伐，与魏将司马懿战于五丈原。不久病逝。 ★ 蜀将魏延叛变被斩杀。
238	★ 辽东公孙渊叛乱，曹叡派司马懿讨伐平定。
239	★ 魏明帝曹叡逝世，儿子齐王曹芳继位，由司马懿及曹爽辅政。 ★ 曹芳将司马懿任为太傅，曹爽任大将军掌握实权。
244	★ 曹爽率军攻蜀大败而回。

续表

公元纪年	事　件
249	★ 司马懿发动政变，斩曹爽兄弟及其党羽。魏国政权开始归于司马氏。
251	★ 魏国王凌叛变失败被杀。 ★ 司马懿病逝，其子司马师续掌大权。
252	★ 魏国三路大举伐吴，于东关被吴将丁奉打败。 ★ 孙权逝世，儿子孙亮继位，由诸葛恪辅政。
253	★ 诸葛恪发动大军攻合肥失败，举国怨恨。 ★ 吴国孙峻设谋诛杀诸葛恪，掌握大权。
254	★ 司马师诛杀夏侯玄等魏国大臣。 ★ 司马师废魏帝曹芳，立高贵乡公曹髦为帝。
255	★ 魏国毋丘俭、文钦起兵反，司马师引兵讨平之。 ★ 司马师病逝，司马昭续掌魏国大权。 ★ 蜀国姜维北伐，于狄道大败魏军。
256	★ 魏国邓艾镇守雍州，打败姜维军。
257	★ 魏国诸葛诞起兵反，据守淮南，吴国派军助之。
258	★ 魏军攻入寿春，斩诸葛诞。 ★ 吴国孙綝废孙亮，立孙休为帝。 ★ 孙休与张承、丁奉等设计诛杀孙綝，夺回大权。
260	★ 曹髦发动政变失败被杀。 ★ 司马昭立常道乡公曹奂为帝，是为魏元帝。
262	★ 蜀后主宠信宦官黄皓，姜维率军于沓中屯田避祸。
263	★ 司马昭派钟会、邓艾两路大举伐蜀。 ★ 邓艾攻入成都，后主刘禅投降，蜀国灭亡。

续表

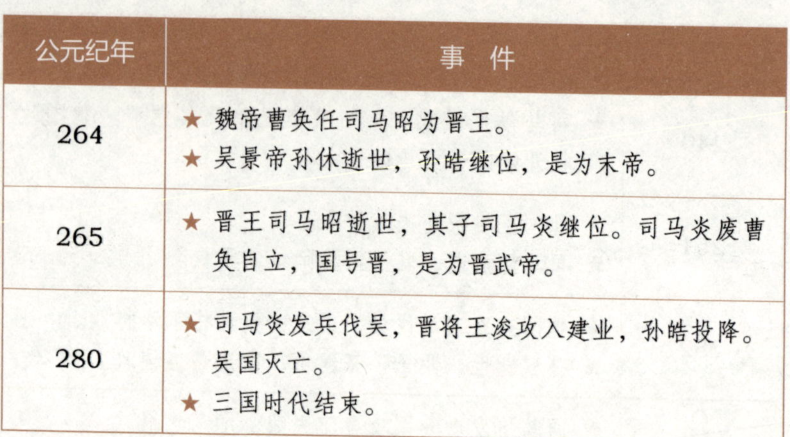

公元纪年	事　件
264	★ 魏帝曹奂任司马昭为晋王。 ★ 吴景帝孙休逝世，孙皓继位，是为末帝。
265	★ 晋王司马昭逝世，其子司马炎继位。司马炎废曹奂自立，国号晋，是为晋武帝。
280	★ 司马炎发兵伐吴，晋将王浚攻入建业，孙皓投降。吴国灭亡。 ★ 三国时代结束。

魏晋的“九品中正制”

魏晋时期，门阀制度逐渐形成。门即门第，指家世族望；阀即阀阅，指功绩资历。一些门第世族累世为官，垄断官僚机构，他们利用曹魏时建立的选拔人才的制度——“九品中正制”，使世家大族子弟的官途有确实保障。

“九品中正制”，又称“九品官人法”。“九品”指上上、上中、上下、中上、中中、中下、下上、下中、下下等九级，用来区分人物的高下；“中正”是专职品评人物的中央官员；“品”即“品状”；“官”即任官。在此制度下，所有未出仕者或现任官吏，都由中央政府区分品级，作为任用及升迁的标准。

“九品中正制”，是于郡邑设小中正，州设大中正，由小中正品第人才，以上报大中正；大中正核实后呈上司徒；司徒核后，

再交由尚书选用。大、小中正皆由中央任命德才兼备的当地人担任。大中正由各州推举，在大中正以下再选派小中正，此举能将任官权总归中央控制，以避免结党之事发生。

大、小中正的品评标准为家世、人品、乡誉、才能。

选拔过程中，首先由小中正考核其区中任官及未为官者，并详细记录各人“簿世”，未入仕者则另观其“品”，入仕者则观其“状”。小中正据各人“簿世”、“品”和“状”，定出被评者的品第，供政府选用人才时参考。中央政府由司徒审定各州大中正报来的人才品第，再交由吏部备案。然后按品第铨选官吏，或招揽在野人才，以品第定职位之高低。为求确保用人素质，定品会三年一更。

最初实行时，由于不分世族尊卑，以“唯才是举”为原则，还能够从各州郡中选拔一些有才之士。

但是到了晋朝，中正官职多为世族门阀出身的官僚所把持，这一制度便成了他们培植门阀私家势力的重要工具。这样，“九品中正制”已不再是真正选拔人才的途径，因而出现了“上品无寒门，下品无士族”的现象。高门子弟只要能取得中正官给予的上等品第，就能轻易获得优越的官职，一路平步青云；相反，一般人没有门第的凭借，便仕途无望，无法在朝廷担任重要官职。这一情况的出现，加速了士族制度的形成，也是西晋政治迅速走向黑暗的一个重要原因。

假如你是司马懿

1 在自己忠心耿耿效忠魏朝，魏王却中计削夺了自己的军权时，你是否会消沉？

2 在孟达同蜀国密谋造反时，你应该采取怎样的对策除掉孟达？

3 在诸葛亮临阵骂战，并送妇人之服相讥时，你是否会愤而出战？

4 在诸葛亮巧施“空城计”时，你是否会中计？

5 当曹爽在朝中排挤自己时，你会采取什么措施对付曹爽？